單 One-way
讀 Street

苏 方

暴雨下在病房里

上海文艺出版社

献给

Tom Hardy

目录

001 / 第四乐章
019 / 如何杀死楼上的男人
039 / 不亮的星星
057 / 公路与小径
077 / 重 逢
101 / 缅甸日记
119 / 出 差
141 / 李 楠
159 / 冬之花
187 / 十三封情书
215 / 我母亲孩子的爸爸

第四乐章

Feelingless

如今我昏懒时卧在床上，清醒就坐在桌前。门口的世界长相是冬天，可是树枝儿纤嫩柔软，风一吹呀，像长草没在水畔。

四十岁之后，我才开始远远看见今天的我，有心和此人结盟。二十岁我是混蛋，三十岁是流氓。结盟心起的那天我爸出殡，我恨透了。老家伙走了，接下来就是我。我打算肃清生活，不再起乱。我严厉拒绝了一个姑娘跟我回家的要求，大概说了"滚你妈的""少他妈跟着我"这样的话。后来想起那是我女儿，小家伙那会儿六岁。

之后我就心平气和地等自己，等今天的我找上门来。人间只剩一个注视，温暖友好，来自如今的我。我走在路上，头悬一座塔，只见他一人独在塔顶，身旁没有父亲。我烫酒饮茶，摆棋誊诗，只等这三十年白驹一跃，久别重逢。我一天一天活下去，一步步朝他攀登。

四十九岁我才找到她。请别误会，我可不是找爱情。我找一个伙伴,一个能让我爱上又不管我叫爸的姑娘。姑娘二十七,说傻不傻,说精不精。她总不觉得痛苦,这种人可真是说死就会去死。我决定盯紧她:我先退后一步,我接着挺身而出。

眼都没眨一下,她就跟我好上了。

有一天喝着酒我问她:刘水,你不觉得吃亏吧?

什么事儿吃亏?她说。

我们俩,我,你觉着亏吗?

没觉着。

那我娶你吧。我说。

娶呗。

我们吃的是我做的炸茄盒,她两口一个,已经吃了七八个。厨房里浓烟未消,排风嗡嗡作响。我们俩安静下来,试图在这样的时刻去感受一些变化。没有变化。

合作愉快。我看着她,很想和她握个手。

第二天早上,一睁眼我就陷入后悔。我静止不动,听身旁刘水的呼吸声是否均匀——无声无息。说明她醒在我前,这是好兆头。

我吸气时,她抬起一条胳膊笔直地压在我胸前,像条从树丛里蹿出拦住我的大蛇,在一条去往某处的路上。

我说:要不……

对。她说:就算了吧。

就是从那一刻开始:我的第四乐章。

1

渔朝我走过来的时候我看着她我觉得荒诞极了。正是大冬天,她穿一件紧短皮衣,胯已经长成,曲线连着细腰下来,像个饱满的水滴,随时开枝散叶的样子。十六岁,算孩子还是算大人?我的生活里,怎么突然有了个小年轻?

我没接她行李,转身引着她往外走。这会儿没什么可说的,到了家也一样。该说的只能车上说。

我把渔的行李放进后备厢,她坐进后排,如我所愿。

你管我叫什么?我问她。

我没叫你。她拿出手机。

你在心里管我叫什么?

哼。她轻轻地冷笑一声。

十六岁的冷笑真友好啊,我心里想。

叫老陈吧,你觉着呢?我建议她。

OK。她说。

那你叫我什么?她问我。

小鱼,或者,陈小渔,都行。

我改名儿了。陈小渔说。

改什么了?她妈大概给改了姓,我心想。

就叫Yu。我同学都这么叫。

吁?我不怀好意地确认。

对啊。她不屑地回答。

真抱歉啊，我看着车窗外头，露出笑意给人群赔礼：又是多亏我，给世界添了个小蠢货。

我能不能住酒店？渔生硬又忐忑地问我。

不能，你和我住，没别人。我自信地看着前方，找到一丝为人父的感觉。

同学家呢？她继续问。

我感到耐心在消失，我女儿是个笨蛋。

谁家也不行。我说。再说你同学还记得你吗？

哼。她又冷笑一声，大概是讥讽的意思——别以为人人都像你，众叛亲离。

进门她就杵在墙边，挑衅地盯着我，意思是：我屋呢？

我往里一指，她穿着皮靴噔噔走进去，砰地关了门。

我坐下抽了三五根烟，然后做饭。天正式黑了，我拉开窗帘，走到她门外拳头敲两下：吃饭。

我可不等。渔出来坐下的时候我已经吃差不多了。她还是那一身儿，靴子没脱，衣服没换。

你没洗个澡？我问她。

她一皱眉头，厌恶地看着我。

得。我心说。真他妈不该生女孩儿。

我做了大虾沙拉，煎芦笋，白米粥，牛肉面，萝卜汤。

渔拣着沙拉里的菜叶吃。

还会用筷子啊？我讽刺她。

我四岁就会用。她眼角一飞。

我由此认出这是我女儿,赖不掉。渔和我一样,满脸是星星,咬人眼睛。

我一推碗,给自己倒杯酒喝。渔问我:我能也喝一点吗?

不能。你们不得二十一吗?

家里和外面当然不一样。渔不看我,声音无动于衷地甜了一格儿,睫毛往下垂。

我心生钦佩,可以呀陈小姐。也钦佩自己,这要是别的爸爸肯定扛不住了。紧接着起疑:别的男人也扛不住吧。

男朋友多大了?我很随意地问。

渔咯咯咯地笑了,我真是头一回看见,太好看了。

你是不是觉得我特别傻呀?渔问我,脸上还没笑完。

真好看。

你可不傻。我说。你怎么可能傻,你是我生的。

渔眼睛和筷子一起往下一撂,两条腿曲上来抱着,下巴拄着膝盖。

我经常喝酒。渔说。

酒量好吗?

反正没喝醉过。她抿着嘴,作云淡风轻状。

又变蠢货了,我心想。

吃完没有?我敲着酒杯问她。

吃完了,都够难吃的。看,已经会撒娇了。

吃完滚蛋吧。我没理她茬儿。

她从椅子上下来，晃晃荡荡往里走。

换鞋！我把声音放得很重。

渔一转身，晃晃荡荡去换了。

洗碗的时候，我给刘水打电话。她老板，一名画家，在纽约办展览，她同行。

起了？我问她。

刚起。

接电话醒的？

嗯。

那就是没起。

嗯。

那边儿冷不冷？

她笑起来：你管这个干什么。姑娘到家了吗？

到家了。

怎么样？

就那样吧。

那还挺好。她说。

对。我心想，确实算挺好。

刘水这次远行时间很赶巧，渔来她走，省掉不少麻烦——渔和她的麻烦，渔和我的麻烦，她和我的麻烦。我发现我最在意的，是她和我的麻烦。

赶紧起吧,我这儿刷碗呢。我说。

嗯,你别给我花浇水。刘水声音清醒起来:我花就是不用浇水。

行行行,不管你。我挂了电话。

渔从屋里走出来:Wi-Fi密码?

我一愣,我还真不知道。还得给刘水打电话。

我给你问问。我拨着电话说。

你给谁打电话,你女朋友吗?

啊,行吗?我电话按在耳朵上,歪头看着她。

渔轻蔑一笑。

刘水没接,大概洗澡去了。我把电话一扔:问不着了,你休息一晚上吧,别上网了。

渔眼睛瞪起来,脸立刻红了:那不行!

那我也没办法。

那你让我一晚上干什么!

看书,看电影,干什么不行。旁边儿那屋东西多,你去看看,写大字儿也行,画画儿也行。

渔气涨了,一转身噔噔噔回屋。没五分钟出来了:有什么电影?

我往旁边碟架子一指:自己找。

翻片儿就翻了一小时。这片儿讲什么的呀?好看吗?谁演的呀?我讲述了不下十个剧本梗概,实在烦了。

别翻了,看《教父》吧,你们美国片。我说。

我想看爱情片。

教父就是爱情片。

我把碟拆开往里送，渔看着，没再反抗，想了想，去沙发坐下了。

美国人还是比我讲理。我心想。

老头子中枪进了医院，我偏头一看，渔眼睛已经闭上了。床上睡去。我拿胳膊肘磕磕她。

渔迅速一睁眼站了起来，仿佛刚才是假寐。

她开始在厅里打圈儿，走到书架前，很快找到了那本书。

你看过吗？我问她。

还是一声冷笑：没有。

眼都没眨就改口了：我看过一点儿，里面写的是真的吗？

哪块儿？

你爸打你。

我说：我爸从来不打我，我也不会打你。

前半句是谎话。

渔转了转眼珠，大意是白我一眼。进房间去之前，她把那本书扔在沙发上。

《荒岛》，我的第一本书。写它的时候还没有渔，渔她妈也没有，渔她妈是这本书带来的众多好处之一。《荒岛》一出版文坛就地震了，我是野火，我是奇才，我被全世界簇拥。全世界等着看我的第二部作品，第二部到现在还没写出来。

"天才只有一本书！码字工才他妈十本儿二十本儿地出呢！"

这是我说的话。《荒岛》之后七八年我才敢这样说，没人盯着我了，看笑话的都失去了耐心。我和他们都知道，我写不出来了。我抄起一个沙发垫，把那本书盖住。

我也去睡觉。我退出碟片。麦克，请一定守护好自己；至于爹，死就死吧。

如果刘水不回来，我有可能做成一个比较标准的父亲，是有可能的。

但是刘水回来了。她情绪低落，和画家因为工作矛盾终止合作，"艺术理念不同"，她这样说。

我猜测他们有私情，没兴趣证实。我在网上看到画家太太现身画展开幕的消息，按计划这个过气儿女演员该在欧洲拍广告。没关系，我安慰刘水。我心疼她。

渔很不高兴，像只警觉的小猫。我当然不能把刘水赶出去，她不像我，有自己的房子。我之所以有自己的房子是因为我写过一本书，记得吗，《荒岛》。

刘水只能早出晚归，后来住到了朋友家里。我不太担心，我想她总归另有情人。如果不是太怕麻烦，我也是一样的。就像现在，我已经状如枯枝，刘水依然火花四溅。她最近的一位密友，与我那时同样年纪。她仍然来看我，几乎每天都来。她还是没有自己的房子。

我的房子也是那本书带来的好处——确切地说是第一套房子。渔和她妈去了美国之后，房价涨起来，我把当初的房子卖掉买了这一套，这一套很大。作家都爱住郊区，我不行，我必须住城里。我的地板是黑色的，长桌和枕头也是，如果可能我希望灯光也是黑色，因为我太酷了。渔走的时候是个七岁的胖姑娘，讨厌我。

2

我没想到寒假那么长，三个月。我没想到三个月那么长。没什么节目，我只能带着渔去见朋友。她在外人面前依赖我，眼神拽着我。去酒吧我也给她买酒喝，只能喝瓶装啤酒，只能喝一瓶。一个不知道谁带来的姑娘惊喜地看着我：你是陈潮？你写的《荒岛》？

我想说不是。我已经不是了。可在她看来这应该是撒谎。我无奈地点点头，姑娘疯了，嗷一声，屁股挤过来栽在我旁边。渔脸上起了一层霜。

我从厕所出来渔站在门口，外套不知道什么时候脱了，织个手套都勉强的料子裁了件毛衣，绷得紧紧的，领子恨不能低到肚脐眼。渔的脸红红的。周围的眼神狼一样。

渔朝我笑，还过来挽我胳膊。我反手一撸，推着她往回走。进包间渔就不离我左右，瞪人，保镖似的非常讨厌。女孩儿们开始跳起来的时候渔贴着我耳朵，皱着眉头说：困了。

我也困了。我把渔带回家，往厅里一扔自己进屋洗澡，洗完爬上床渔在外头敲门：你吃面条吗？

还行，挺好吃。渔煮面喜欢煮稀烂，一夹就断。西兰花和胡萝卜也稀烂，就鸡蛋是半生的。我吃光一碗，血往胃走，耳边嗡嗡作响。

渔说：看《教父》吗？

你想看就看。

渔从头开始放，没一会儿我就睡着了。渔轻轻抱住我的胳膊，枕上来，我没醒。我是真的挺困的。

我一起床就可以喝汽水，喝酒也没什么不行。我的时代没有像样儿的历险和战争，对决斗也丧失渴望。没人是我的对手，没有一个人。

渔开始把这房子当家，四处都有她零碎儿。刘水的东西她不屑地避开，但是偷偷研究过。上午她湿着头发在房子里乱窜，阳光太好了，不该这么好。渔脸上漾出红丝，像蜜酿的苹果皮。她穿我的衬衫，穿我的短裤，两条年轻的腿宽窄有致，圆滚滚地紧绷着，一跳一跳，刺眼。

你是不是应该多穿点儿？我看着书，瞟她一眼。

她浑身红了。跳到沙发上，抓过一个垫子无谓地挡住自己。

你是不是没工作？她问我。

我不用工作。

那你怎么挣钱？

我有钱。

哪儿来的？

不需要你操心。我说。

你女朋友现在忙什么呢？渔自以为是地问。

不需要你操心。

那我应该操心什么？她急了。

你操心你自己。

她掏出手机，按几下举着给我看：你看他怎么样。

渔和一个小白孩儿的合照，搂着。

还行。我说。男朋友？

嗯。渔一扬头，煞有介事：我打算跟他分手。

为什么呢？

他们都太幼稚。渔面露嫌弃。

你也比人好不到哪儿去。我看不下去了。

女孩比男孩早熟，你不知道吗？渔盯着我。

随便你。我低头看书。

你还打算写书吗？

不知道。

放松点儿，你肯定能写，你的问题就是你太紧张了。

我有点生气了。我已经很久没有生气。这样一个小蠢货，竟然令我生气。我盯着书，不说话。渔的手出现在字上，挡住，又放在我手腕上。湿乎乎的。

我很大劲儿地一抬手：你进你屋去吧。

3

我开始想念刘水。如果早点把她找回来，不会发生那次事故。老周的儿子是我看着长大，却在冬天的楼梯拐角挨了我一拳，刚亲过渔的嘴角流出血来。渔站在一旁审视我，成了自信的女人。我瞪她，她带我回家。

进门我先灌下一杯酒，渔扶我坐下，脱掉大衣，换我的鞋，将我变成居家样子。我站起来想回房间去，渔抬手抱住我，浑身颤抖。

她的嘴就在我耳边，不断呼出热气，越来越快。身体也热起来，颤抖随之加剧。渔越来越紧地贴住我，几乎是哭着说：陈潮。

到这时我才心里一惊。我惊晚了。我头皮发麻，渗出一身凉汗，爪子钳住她，架开一尺远。

我盯着我的女儿，她发狂似的看着我，眼里滚出泪珠来。我无法继续拒不认罪。渔只是想爱我，却没有找到一条路。这完全怪我。

我打电话把刘水叫来，渔奔进房间再不出声。第二天刘水强行进入。第三天她把渔送到机场，回她的美国去。

我们没再谈及此事。刘水建议我们出去玩儿玩儿，订下一场欧洲之旅。我在过安检的时候接到渔她妈的电话。

"王八蛋！"她恶狠狠地定义我。从前她可不是这么说的，从前我天赋异秉，万里挑一，所有男人加一块儿也不如我，她不求独占，一天也甘愿，可他妈结婚之后就不是她了。

我挂了电话，我得过安检。

王八蛋也得过安检啊。

4

我再没写出一本书来，不再有兴趣留下身后传奇。我年逾七十，朋友们一个接一个去死。眼前世界如同我的角膜，日渐浑浊。我和刘水很有过一些好日子，按照某些标准看，现在仍然是。她不断送来食物喂养我，使我的老命得以延续。我不怪她。

有一年刘水险些结婚。我们曾为此认真展开讨论。

你看，我也可以跟你结婚，不过可能留不下多少钱。我说。我算过，我的钱可能到死刚好花完。

可是，不是钱的问题。刘水说：问题是他想要结婚，如果要结就是满足他的心愿。而你并不想结。

那你想吗？我问她。

我没什么概念，都行。刘水说。

我往阳台看去。刘水的花早死了，她还活得好好的。

有些人是需要行为和成就来自我定义的。刘水说。

我不是吗？我问她。

这由你自己决定。她站起来去做饭。

刘水最终没有结婚，但恋情总不间断。我们之间发生的唯一变化是越来越多地由她来做饭。我读了很多书，看了很多电影。老教父一次次死去，麦克冷峻复仇。科波拉也老了，世上再无科里昂。

渔生下一个男孩，决定从这无聊世上消失。你看，她比麦克有骨气。这一次渔她妈没有打电话来骂我，于是事情发生几年后我才得以听说。我计算她的年龄，二十三岁。

刘水用我的钱在郊区买了块墓地，每年都是她去。每次她带一瓶酒，问我行不行。我当然很同意。渔没尝过几年酒的好，可惜了。

我已经很久不曾做梦。昨晚一梦，梦见马路上由近及远三个瓶子：汽水，啤酒，牛奶。我抓起牛奶瓶倒空，接了瓶水，又扔掉。醒来之后第一次，我为自私感到羞愧，失声痛哭。一个哭泣的老头儿是多么丑陋，我庆幸无人见证。

如今我昏懒时卧在床上，清醒就坐在桌前。门口的世界长相是冬天，可是树枝儿纤嫩柔软，风一吹，像长草没在水畔。没人知道我在悄悄地写字，我的手稿难以辨认，像梦中人眼里的风景。我与人间并无关联，只要轻轻一撒手，转身就能见到渔和父亲。可是不急的正是此事。我已和自己团圆，该要善待这不久的时间。下雪了路很滑，刘水在电话里说。她可笑地语带担心，仿佛我会走出家门，摔死自己。我的记忆已经真假难辨，像一封水浸的长信，模糊久远。曾有个雪天年轻的我疾行于路，感觉到咚咚心跳，心想妈的我要写书。那一刻苍天云开，四下澄明，太阳只照耀我一人，我渐渐融化。

如何杀死楼上的男人

How to Kill Your Neighbors

几年前，我搬进了这间旧房子。它在十四层，有两个房间，一条长方形客厅，一个卫生间，一间厨房和一大一小两个阳台。家具成套，很旧，和受潮的地板一样，漆成猪肝红色。每一只桌椅的脚爪上，都穿着小小的毛线套子，颜色已经难辨，但看得出是手工织成，非常恐怖，像给老鼠织的毛衣，或鬼片里微笑的布娃娃。

我交了房租，搬了进来。中介公司问我，要不要把墙面涂一涂，或贴上墙纸，人工和物料由他们来出。我拒绝了，因为这不是我的家，这是我吃饭睡觉洗澡拉屎思考写作裸身走来走去的空间而已。还因为，仅仅改善墙面是不够的——除了我带来的书和衣服和一些小小的物件，这房子里绝大部分空间都不是我，都傲然保留着上一任主人的习气——仅仅改善墙面是不够的，处处陈腐，百废待兴，我不在乎，我在乎不起，就让它们废着吧。我是我，房子是房子。

我在这个不是我的房子里生活，每一天都像在做客。直到几个月前,一个天气挺好的下午,窗外的景色像被水粉涂抹过,我和小周刚刚办完正经事,正躺在床上放空,突然之间,头顶一声巨响,接着又是一声,随后便是不间断的、节奏杂乱的巨响。楼上装修吗?小周问我。不是。尽管我希望它是,因为今天星期六,如果是装修,我就很有理由去制止,然而我的耳朵太灵敏,我知道它不是。

这巨大的响声并不单纯,它将许多种噪音融汇在一起:铁球砸地板声,重物的拖拽声,音箱里鼓点的振动声,摔门声,铁蹄踏地声,扭打声,痛苦或欢欣的吼叫或呻吟声,呕吐声……我光着身体坐了起来,刚刚辛苦换来的透彻的惬意一扫而空。我听够了,我生气了。来自头顶的巨响触发了我的领地意识。我知道,早晚我要为了这间破房子出征。

小周也坐起身来,此刻他靠在两只枕头上,正在咕嘟咕嘟地喝水,喉结一鼓一鼓,令我生出一种冲动,想要一掌横切过去,击碎他软骨,肿胀他黏膜。假如我够准又够狠,小周就会立即窒息,一张脸涨成和家具配套的猪肝色。但假如我念及同床情谊,力轻且柔,他就只会一阵咳嗽,一股水喷在床上——有时我也会那样,这让他非常开心,仿佛他就是我的上帝、领袖、君王。不客气,他会说。拉倒吧,谁谢你了?

我叫他小周,其实他大我九岁,年近四十。用比较体面的说法,我们是床伴,当然很多时候,不限于床。我们关系建立的根本原因,是小周的老婆怀孕了,不许人碰,更不许小周碰。那时候我在写书——现在仍然在写，小周是我的编辑，他承诺我的版税为8%，首印五千册，我说不行，我要10%，首印一万五。于是小周在社里上下打点，口吐莲花，声称我是下一个谁谁，或下下个谁谁谁。合同拿来那一天，我们愉快地喝了酒，我签了字，他盖了章，随后他留了下来，直到午夜将近，他穿好衣服，像辛德瑞拉一样赶回家去了。

巨响仍然不停，流窜在头顶，一会儿在西北，一会儿在东南，叮叮咣咣，轰隆轰隆，天花板随之震颤。我心里一团火在烧。我说小周你回家吧。小周看了眼时间，说不行，我练腿呢，意思是他怀孕的老婆认为，他正在健身房里练腿。我说你几点练完？小周说，四点半。现在几点？三点二十。我吓一跳，用练那么长时间吗。小周说你要是问教练，教练肯定说用。那得练成什么样儿？我理解不了。就我教练那样儿，小周说。我说那你还不如真去练练了。小周说跟你不也是练么。呵，我冷笑一声。小周这个人，非常之懒，向来是往那一躺，一动不动，嘴里倒是挺勤，但嘴勤有什么用？

小周翻身下床，披上衬衫，进厨房洗了水果：两只苹果，一盘葡萄。这是他设计的水果时间，是四点半之前的内容填充。甜不甜？他问葡萄。我说甜，抽张纸巾擦了擦手指头。他揪下两粒，顶着门牙硬塞进我嘴里。我说够了，不吃了。他说你得补充维生素，我媳妇儿天天补，一天二百多粒儿，一把一把吃。我说人家肚里有你儿子你不知道么。不是我想要，真不是我想要，小周恳切地说。在他明里暗里的表达中，这名孕妇精于谋划，寸土必争，内心险恶，约等于现代妖婆。他以为这话会让我欣慰，或者至少让我平衡，觉得自己虽然没赢，但也不输。可事实远非如此。女人和男人上床，并不非要因为他媳妇是无情的坏蛋，也不非要他是两难的情种，很多时候只因为他是男性、基本健康、卫生情况良好、无犯罪记录。

然而这道理，男人是不信的。

我跟小周说好了，我们是八个月的密友，妊娠期伙伴，这一段关系，将在他正式为父时宣告结束。可是仍然，像小狗撒尿一样，他在我这儿留下好几套内衣裤、电动牙刷、几瓶烈酒、电动剃须刀和一瓶泡沫。剃须刀一直摆在洗手台上，几乎没用过，已经溅满牙膏的白斑。常常他洗过澡，对着镜子感慨：我确实年轻，哪像四十的人。我就要在心里暗笑，傻逼，胡子都不长。

四点半，小周走了以后，我坐在阳台的躺椅上，眯起眼睛等日落。此时的日光称为西晒，如同片片金箔，沉入眼底。新书不急，慢慢写，小周说。他知道为了生存，我在写剧本，一惊一乍的剧本，以取悦平滑的大脑为己任的剧本。我说好，我知道，我不急。这是他唯一一次真挚的关切，唯一一句只关于我、无关于他自己的表达。我几乎要感动了。我说你们再去医院产检的时候，要戴上口罩。一种病毒正在蔓延，与人有关的数字正在谨慎地上升。小周说没事儿，远着呢。我说万一呢。

太阳落下去了,天边红了又黑了。头顶的巨响又起。我喝掉半杯红酒,戴上耳塞,带着体内的甜蜜的通畅,上床睡着了。第二天的太阳升起来了,天黄了又蓝了,我掀开电脑,我的人物今天势必要死一个。手机不断地亮起来,媒体们在喷射,我喝着咖啡,动动手指:一千公里之外,封城了。

我立刻意识到,我的剧本没用了。几乎就在同时,头顶又是一声巨响。来了,来了,我戴上耳塞,可我的骨骼清楚感受到那狂笑一般的振动,像小小的电击,出其不意,不拘一格。我拔掉耳塞,戴上耳机,开始观看一场直播。一个年轻的记者,站在火车站外的广场上,自己举着手机对准自己。他并没有太多信息可分享,也没有新鲜的事实可描述,他不断重复着时间,还有十二分钟,还有九分钟,四分钟,偶尔我们看见,拖着行李箱的人从他身边匆匆跑过,跑进即将关闭的铁闸,还有一分钟,他太年轻了,他像电影即将开场一样紧张起来,他迟疑着向站口走去,咣啷一声,铁闸合闭了,铁链绕上几圈,紧紧锁住。工作人员站成一排,身着翻领毛呢大衣,非常好看。一座城市正式封闭。我想起那个小品,把村委会毁掉,盖起二层小楼,整两扇大铁门把门一锁,门后边蹲两只大狼狗,谁也别想进,你也别想出。是哪个小品来着?我想查一查,可是头顶咣咣两声巨响,随即连续起来,咣咣咣咣咣!迅猛、快速、有节奏。吊灯开始摇晃，天花板落下细雪，玻璃窗和铁门在框架的缝隙里来回地撞。我拽出耳机，穿上裤子，抓起钥匙噔噔噔跑上一层楼，开始砸门。

我砸了很久，拳头都疼了，隔壁那家都开了门了——两次，眼前这扇门才终于打开。门里的声音太大了，以至于他们听不见我。开门的是个年轻男人，平头，圆脸，脸上是没心没肺的笑，见我并不是快递，他才说：你找谁？

我说我楼下的，你在屋里干什么呢这么大声儿，我们家天花板都要震碎了。

他笑得更开心了，他说：他在躲漏原。

这是我始料未及的，我听不懂他的话。我说：什么？他在干什么？

年轻男人后退了几步，让我往屋里看：躲漏原。

我站进玄关，看见一个上了一些年纪的男人，只穿一件背心和一条短裤——和我爸岁数差不多，个儿不高，手拿一把菜刀，不明所以地看向我，他蹲在地板上，地板上摆着一只木头案板，案板上堆着粉红色的碎肉。

剁肉圆。我明白了。剁肉圆。

躲漏原啦，你进来看。年轻男人热情邀请我。我紧锁眉头瞪着他，我是傻逼吗，两个男人，一个手里有菜刀，叫我走进去看，我是傻逼吗？我退到门外，严厉地说：别他妈剁了，楼都要震塌了，这楼里不光你们俩，还有别人呢知道吗！我站在走廊上，我的声音尖亢，带着阵阵混响。年轻男人还在笑,好像我说的是外语。我更愤怒了,可是沮丧蔓延开来。我转身走了。下楼之前,我回头质问:你们没有厨房吗!

门已经关上了。

好吗?小周问我。每次完事儿他都要问。

好吗?

我能说什么,我只能笑,我还得低下头笑,背过身去笑。小周就明白了:好着呢,好到不好意思说呢。

小周把我推到镜子前:你看看,你自己看看,这脸色,多么红润。

我心说废话,你在上头动半天试试,你也红。

"有过更好的吗?"终于有一天抽着烟他问了,我还没张口,他就补充道:"或者就是比较特别的,印象深刻的。"

我眨眨眼,看着他:到底问哪个?更好的还是特别的还是印象深刻的。

当然是问好的啊。他吐一口烟。最好的。

最好的——我开始讲——是有一年,在一个酒吧,我老去那个酒吧……

我知道。他插嘴。

对,是那儿,然后,有一天晚上,喝到特别晚……

就跟人回家了。他插嘴。

不是——我讲下去——然后,那天晚上,我出来上厕所……

那酒吧里不有厕所么？他插嘴。

没有，当时还没有，当时店里没有厕所，我们都去旁边胡同里一公共厕所。我说到这儿，停下来看着他。

嗯，然后呢。

然后，我上完厕所出来，刚洗完手是湿的，没地儿擦，就甩，甩差不多了在衣服上擦，这会儿旁边男厕所，出来一个男的，应该也是在酒吧喝酒来着——对，确实是，但胡同里太黑了，看不清。

说啊。

我们俩走了个对面，他没让开，他问我，冷吗。

呵。小周从鼻子里笑一声。

我说冷，他就伸出手，把我两只手握在手里。

冬天啊？

冬天。

然后呢？

然后我说，你冷吗。他说冷。我说，那怎么办呢。他看了我一会儿，就撑开大衣，把我包进他衣服里，他高，我头顶在他下巴底下，鼻子贴在颈窝里，很热。

然后呢？

我笑起来：你说呢？

小周没笑：就在胡同里。

嗯。

脏不脏！

我摇头。

就站着。

对。

从后面。

对。他一只胳膊，左胳膊，小臂，撑在墙上，让我咬着，垫着我的嘴。后来我一摸，都蹭破了。

嘴蹭破了？

他胳膊，一大片，全蹭破了。

后来呢？

后来就……正常流程呗。

特别快吧？

忘了，感觉不到时间，失神了。

嗯，嗯。小周点头，又点一根烟：之后怎么着，又见面儿了吗？

没有。完了以后拿纸，他擦他的，我擦我的，我擦完他问我，能给我吗？我说当然。就给他了。

好，真行。小周点着头：你也不怕有病。

我看着他：谁没病呢？

然后呢，没留电话？

然后，就在胡同口，他问我，你怎么走，我说你怎么走，他说你要是还回酒吧，我就回家，你要是回家，我就回酒吧。

小周发出一个拉长的"嗯"字，一脸果不其然。

我说那我回酒吧,他说好,就转身往大路上走了。

后来再也没见过?

没有,见也认不出来,那天太黑了。

小周把烟头按进烟灰缸,怎么按也不灭,一直冒烟,最后倒了点水,呲一声,才浇灭。一股焦气漫开。

小周看着我:你编的吧?

我看着他:你说呢?

他突然站起身扑过来,像条狗。

没过多久,小区封闭了,人人待在家里,不再出门上班。我戴着口罩下楼拿快递,电梯里一个老头儿看着我乐:就你踏实。我说这么大事儿,我踏实什么。老头儿说你平时不也不出门儿么,受过训,这会儿比他们都踏实。我在口罩底下笑了。老头儿也笑了。我喜欢老头儿——老头儿是另一种生物,区别于男人。小周也会变老的,但小周变不成一个老头儿。

我并不踏实,很不踏实。封闭将近一个月,我烂在这房子里,楼上的两个男人也烂在我头顶他们的房子里。日升月落,从不同时段不同性质的巨响之中,我很快听出了他们是情侣,感情相当之好的情侣。早上睁开眼,他们会先在床上嬉笑一番,夹杂着吼声和脏话,然后进入卫生间,洗澡,仍然打闹,喊叫,踢翻浴缸或是洗衣机或是一辆汽车,总之是个沉重的大物件。接着他们做饭,躲漏原或是别的什么,一刀一刀剁在我头上。下午他们打游戏，可能是跳舞，因为身体的重量不断砸在地板上，伴随着强劲的节奏——音响开得很大，有节律地振动。晚饭后便是亲密时间——第一次听到时我以为有歹徒在抢劫，完全是地板上的搏斗，咚、咚、咚、咚，一个人在低吼，一个人在嚎叫，有家具倒塌，重重砸下来，许多东西掉落，随机地，发出脆响。我无计可施，临时决定信上帝，我跪下来，双手合十在胸前，祈求他们停止，祈求我的耳朵变聋，假如立即生效，我愿一生吃素，不开汽车，节能减排，保护地球。

上帝没理我。

饭馆停业了，没有外卖，我开始自己做饭吃。做饭之外的时间，我始终戴着耳机，大声播放电影和美剧。时间太多了，影院关门了，创作失去意义，除非你接受不经沉淀的狭隘的闲谈。小周忽然来电话，打断了屏幕上的搏击赛，汤姆·哈迪已经满脸是血了。

我待会儿——他沉稳地停顿了一下——可能过去。他说。

我没说话。因为这不是一个问句。我发现多数男人的缺陷，都是语文上的缺陷。他们只会陈述，从来不问问题。他们不觉得答案会在别人手里。

你需要什么吗？小周问我。

房租。我说。

呵呵,别闹,小周说,家里有水果吗?菜?肉?我路上买点儿。

我挂了电话。

小周还是来了,封闭的门岗没能封住他。

你也没说要什么,我就没买。小周说。

我说你有事儿吗?

小周缓缓坐下,吸了口气:流产了,孩子掉了。

我说哦。

小周说真没想到,事儿都赶一块儿了。

我说哦。

小周说你过来啊,想抱抱你。

我没动,我坐在阳台上,我说你就没有朋友能聊聊这种事吗?

他好像想了一想,又觉得自己蠢似的,理直气壮地说,哥们儿之间,谁聊这个,聊不起来。

我说你没有朋友吗?

朋友当然有了。他点了一根烟:朋友么,多了,但男的之间,不说这些,我要说,也就是跟你能说。最后一句,他的语调软软的,仿佛是赞赏。

我可不想跟你说。我说。

他怜爱地望着我,假装愧疚,其实自豪,他以为我嫉妒,他得意极了。

你不想要孩子吗？他问我。

不想。

假如是跟我的孩子呢？

（哈哈哈哈哈）不想。

我伤你心了吧？他说。

没有。我望着他，温柔，但诚恳。

他看不见诚恳。

我其实，是真的不想要孩子。他又继续说了。他说你也看过那些作家的传记，对吧，不生孩子的才自由，创作力旺盛，生了的，他笑一笑，只能把自己关在书房里，锁上门，把小孩儿关在外头，或者就跑，离开家，一串情人，等这些小孩儿长大了，要是也写书，写的都是自私的父亲。

你知道门罗生了几个孩子吗？我问他。

他不知道。

你知道她孩子的父亲是谁吗？我问他。

他不知道。

我现在就有这种感觉。他说。受不了了，窒息，网上大家都在说，不行了，要离婚了，两口子从早到晚待在家，一个多月了，谁受得了，天天吵，都疯了，不离不行了，我看我也是，他轻蔑地笑一下，呵，正好，孩子也没了。

他连改变人生的念头都是二手的。

你回家吧，我说，你今天不应该出来。

我出来主要是买菜，买药。他说。

那买去吧。我站起来。

别害怕，一切都会好的——他穿好鞋，站在门口，扶着我的肩膀说。我说行。他拎起我的手指头，指肚上有一段新鲜的刀口。他做出心疼的样子：切菜切的？

我说不是。

那怎么弄的？

洗刀洗的。

洗刀、你……他好像气笑了：刀刃儿也洗啊？

我点头：对，刀刃儿也洗。

拿手指头割着洗？

对。

他把我搂住了，说别害怕，没事儿，会过去的。

我从他胳膊底下钻出来，拉开大门，我说：走吧赶紧。

和男人说话，你能感受到一堵清晰可见的墙，能感受到哪些话语不能通过，不属于墙后的世界。一开始你还年轻，有勇气，偏执，热情，你要求自己说下去，也要求他来听。时间久了，你就知道那些话，连说都不该说。那些语言所代表的事物，在他们的耳朵里权重为零。墙那边是什么？从前我一直在摸索。现在我知道了。墙那边是空的，墙那边什么也没有。

再一次地，天亮了，我在巨响声里醒过来。我头顶上的房间里，好像站满了一百个人，一百双皮靴，也许在跳舞，也许在交战、群殴。咣当，扑通，轰隆，肉体摔下去，倒在地板上，铁球不断砸下来，还有行李箱的滑轮声，咯噔咯噔，咯噔咯噔，从南到北，从西到东，似乎找不到大门，出不去了。天花板像是纸糊的，巨大的音效，顺着这一层天花纸传下来，灌满你的耳朵、身体和灵魂，比任何影院都要好。我听见他们的怒吼，听见他们的自由、欢快、随心所欲，仿佛世上除了他们没有别人，更没有我。这不再是耳朵的事了，这更像一种羞辱，像耳光抽在心脏上。

我醒了，真正地醒了。我想起来了，头顶只有两个男人，一个年轻、爱笑，一个老一些、矮小。我冷静地聆听，两个人的动作，如何制造出一百人的巨响。响声在移动，从卧室到卫生间，到客厅，到书房，又回到卧室。我不知道他们到底穿了什么鞋，能在地板上留下如此铿锵骇人的巨响。令人绝望的是——我忽然意识到——他们对此毫不知情。他们只是在走路。

我平静下来。我的愤怒已经过期了。我在他们的脚底下，除非他们死掉，否则别无他法。咚！一声闷响，一个把另一个扑倒在地上，随后是大笑、呻吟和剧烈的喘息。我受够了，那些低吼，那些狂笑，那些若无其事的踱步般的踩踏，我受够了。阳光从两片窗帘中缝射进来，我闭上眼睛，十分平静。我的愤怒用完了，我又睡着了。

我一直睡到下午，太阳已过盛时，开始走下坡路。我煮了泡面，加入午餐肉、西红柿和土豆丁，还煎了两只鸡蛋。我把刀洗干净，不是切手的那把，是另一把大号的剔骨刀，尖头，木柄，刀身长，刀刃宽。我需要宽胶带，透明的那种。我记得搬家时剩了几卷，翻了半天，才在一只鞋盒子里找到。我试了试，仍然很黏，贴在皮肤上不会松。太阳完全地掉下去了，客厅里一片漆黑，轰嗡一声，头顶的音箱通了电，接着是强劲的鼓点。我忽然想起大学里一个男朋友，他是乐队的吉他手，电吉他。我在陪他排练的时候，第一次见到了效果器这种东西。后来我开始明白，男人就是电吉他，他们需要效果器。没有效果器，他们屁都不是。

我花了一点时间，装备好自己，盘紧头发，最后披上一件宽大的帽衫，把帽子盖在头上。我夹起一只木头凳子，拿了钥匙，但没锁门。我的脚步很轻，从楼梯间，轻轻走上一层楼。感应灯亮起来，一只简陋的白炽灯泡，没有灯罩。我踩上木凳，拧下灯泡，揣进兜里。这一层的电箱就在他们门外的墙上，我打开箱门，找到他们的门牌号，拉下电闸。

啪哒，世界瞬间安静了，我听见谁家婴儿的哭声，好听极了，我在黑暗里等着。

门开了，一个黑影摸索着来到电箱前，可能是那个年轻的。我等着他靠近，再靠近，好了可以了，我在下巴底下，点亮了打火机。

我在笑，我知道他看见我在笑，我笑得浑身发抖。一，二，不数到三，我就灭了火光。黑暗恢复了，但他眼前仍然是我的笑脸。他喉咙里发出咕哝声,像有人要吐时的那种声音。好像过了很久,他才转身往回跑,可惜他穿着拖鞋,也许是太滑,也许是扭掉了,他向前一扑,摔倒在地,脑门咚的一声,撞在墙上。

我静静等着,可他不起来,不知道是撞得昏迷,还是吓晕了。又过了很久,太久了,另一个才从门里出来。我猜对了,这是老的那个,拥有智慧,拿着手机照明。他一出来,就看见了我,之后才看见倒在地上的爱人。"哎!"他稍作迟疑,很快就向我冲来。他可能以为我要跑了。不会的。我不会跑的。我退后一步,后背紧贴在墙上,拉开外套,露出紧紧绑在右边腋下的尖刀。

我运气真好。从小到大,不断有人说,我的运气好。我渐渐相信了,眼前又是一次证明。他狠狠地把自己扑在了我的刀尖上,刀尖完美地错过肋骨,深深扎了进去。那种感觉,像捅进一只干瘪的柚子,只要使劲儿穿透了那层皮,里头就像水一样柔软。我低头看了看,他也低头看了看。我们俩差不多高,我数了数,大概在三到五肋之间。有粉红色血沫,缓慢地挤出来,红得发白,我想可能不在心脏,也许是肺。他一直低头看着,直到我费了很大劲儿把刀抽出来,他还在低头看着。我知道他傻了。他当然疼,可他已经傻了。他本该正在伴着隆隆的音响,起劲舞蹈的,可现在他傻了。他的效果器没了。

我把刀尖儿在他胳膊上蹭了蹭,还是轻轻地,走下一层楼去，回到我的猪肝色房子里。我妈拨来视频通话，我切成语音，一边说话，一边脱了外套扔进洗衣机。我妈说你吃饭了吗，我说吃了，早就吃了。我妈说你吃的啥。我说面条，还有午餐肉，还有鸡蛋。我妈说你老吃那些防腐剂，特别不好，你得吃点儿新鲜的肉。我把缠在身上的刀一圈一圈解下来。我说我不爱切肉。

这两天睡得好吗？楼上还吵吗？我妈问我。

我说不吵了，好多天没动静了。

我妈紧张起来：是不是感染了，住院去了？你可别出门啊。

嗯，不出。我向我妈保证。

我爬上床，很快就睡着了。我记得我做了非常甜蜜的梦，温柔的、私密的、无比甜蜜的一个梦。那梦的内容我忘了，可是无关紧要。我觉得安全，觉得宁静。我沉醉在梦里，幸福得要哭。我知道我就要醒了，时间不多了。我觉得天就要亮了。

不亮的星星

Dark Years

因为你站在窗边往外看的时候，窗户是开着的。因为不光你眼前这一扇——卧室、厨房、客厅，都是开着的。因为风不是呼呼地闯进来，而是汩汩地，是像水波一样涌进来的。因为那冷雨已经下过了，为了叫人最后一次穿冬衣，最后一次，之后不管怎么样，都要洗了晒了，收进箱子里。因为天开始变长了，早早地亮，晚晚地才黑。因为三月就要见底了，于是人心里决定了，必须要过春天了。

春夜里你往外望，不要太早，十点、十一点钟，看那远远近近的群楼，有细长的方块，有高胖的方块，镶嵌着白或黄或红的小小亮光，亮光也都是方块。有的小方块上投下人影子，很匆忙的样子，一闪就不见了，远远的。然而其实很近，假如你尖叫起来，站在窗边，许多小方块里的耳朵听得见。可是同时，他们又的确听不见。这城市太大了，尖叫声太多了。但如果你唱歌，只为自己唱，就也许有人忘了自己的事，停下来听一听。因为小小的歌声太少了，多的是诱惑着人的合唱，不由分说的雄壮，叫人听不到自己，或是只听到自己，一边变得很大很大，一边却越来越小了。

她就站在大开的窗前，张开耳朵，听这春夜的潮水声。没有河，也没有海，可是一袭一袭传来的，就是茫茫的潮水声，仿佛什么东西在流去，也仿佛是在涌来，谁都不知道。一开始只看到悲剧，看到结结实实的难和苦，随后来了闹剧。她亲眼看见，最为理智的人也疯了，为了看不见的遗产，兄弟姐妹间扭打，血肉碎了，流干淌净了，一条条花白的脊椎骨瘫软、熔化掉。一开始人们在哭，后来就大笑了，怎样的疯话都说，谁听见也再无所谓。不下雨的时候，天上下唾沫，黏稠的、星星点点的、无孔不入的唾沫。有人撑起伞来，在太阳底下，可是躲不掉，唾沫是酸性，把一切腐蚀掉了，可怜的一把伞，只剩下一束锈骨，这囚徒，这张口结舌的囚徒，这没心没肺的囚徒，她站在夜的窗前，心想此时眼前缓缓飞过一条鲸鱼，也是不奇怪的。

陈年微信说：你在家没？

王麦说在家，看鲸鱼呢。

陈年：查尔斯王子确诊了。

王麦：伊丽莎白呢？

陈年：谁？

王麦：女王，他妈。

陈年：哦。老太太没事儿。

王麦等了一等，没下句，就扔下手机。扔下一瞬间，屏幕又亮了。

陈年：你开门。

王麦不信，拨语音通话，被挂了。小区封闭的，几个大汉在大门口盯着，他没通行证，怎么进来？可是，呵，她笑一声，有可能的，陈年是陈年嘛。她轻轻走到门前，透过猫眼看，一片黑。耳朵贴在门上，听另一头的呼吸声，有吗，听得清楚吗，也许是风声，很难辨认。她拧了锁，一把拉开门，感应灯亮起来，光白得很惨，没有人。

陈年：开门了吗？

王麦：没有。

陈年：哈哈哈哈哈你肯定开了！

王麦：有意思吗？

陈年：我试试你想没想我。

王麦：你这人特别没劲。

陈年：都仨月不出门了，你不想我吗？

王麦：仨月了，我现在谁都想。

陈年：想我二舅吗？

王麦：喝了吧你？

陈年：一杯，不痛快，你喝不喝？

王麦：不喝。

陈年：下雨了。

陈年：你把窗户关严了。

王麦：嗯。

陈年：几号楼你是？

王麦：什么几号楼？

陈年：想起来了，五号楼，我上来了，十八零几？

她一打开门，就听见电梯的开门声，轰隆一下，然后是咚咚的脚步声，拐反了，先往远处去了，站住了一会儿，又往回返，咚咚咚咚，越来越近。

"这边儿。"她小声喊。

"真下雨了。"陈年两步进来，一边换鞋，一边证明自己的见闻……

王麦说我没看见。

陈年摘了口罩，脱了外套，拎起肩背，给她看洇湿的深色："没下雨这是什么？"

头皮。王麦说。

打你。陈年抬手作势。

"你打你打！"王麦把头扎在陈年胸前，使劲儿向前冲，"你把我肚里的孩子也打掉算了！"

陈年笑出声来。王麦一听，听醉了。几个月了，没见过一个活人张嘴在你眼前笑了。

"胖了。"陈年说。

"胖了？"王麦还在戏里，"自从跟了你，我们娘儿俩就没过过一天好日子，吃吃不饱，穿穿不……"

"行行行行，"陈年说，"别演了，累够呛，喝酒吧。"

"你带酒了吗？"

"你家没酒吗?"

王麦瞪起眼睛:"没见过你这种客人。"

陈年自己找进厨房去,一只一只开柜子,这不是有吗?他说,被他找到了,一瓶金酒,一瓶波本,一瓶威士忌。还没打开?他问。怎么不喝呢?

"冰箱也有。"王麦说。

"啤酒?"

"红酒。"

"红酒干嘛放冰箱?"

"我喝太慢了,怕酸。"

"别怕,"陈年拍拍她肩膀,"我来了。"

"你吃饭了吗?"王麦问。

"不重要。"陈年说。

她酒量太微小,很怕人不吃饭就喝酒,从小就怕。她的出生地,故乡,给予她少童年营养的地方,马路上充斥着醉鬼。总能看见他们的眼睛:血红。他们瞪着血红的眼睛,绝望、兴奋、卑微又大胆。他们在女人的咒骂里一言不发,却能在雪地里死。他们的醉话被女人称为车轱辘,他们的饮品被女人称为马尿。那是她的成长教育之一:生活是坚硬的,男人是脆的,女人是韧的。

不过她知道陈年。她所知的陈年,没有那样过。

她还是拿了几包薯片,几盒坚果,一袋小蛋糕,摆在酒瓶之间，像树丛里的花。

"你要是没吃饭，就吃饭。"陈年不乐意了。

"我吃了。"

他给她倒上浅浅一层波本，黄莹莹的，"你想兑汽水儿，就兑汽水儿"。

王麦大笑起来，去冰箱里，拿出一瓶雪碧。

"你要不要？"她问他。

他摇头："太甜。"

"你是不是不爱喝啤酒？"他问。

她说对。她想起女人们的咒骂，狗肚子，马尿。

啤酒上劲儿慢。陈年说。

她知道他和她故乡的男人们喝的不是一种啤酒，它们之间的区别就像黄花梨和锯末子。那些繁复的谨慎的虚情假意的香气，醉鬼们没尝过。他们用不着那些，他们只要醉，要忘，要现实消失。她后来才知道。

陈年喝光了一小杯，又倒上一小杯："你知道前几天地震了吗？"

"哪儿？"

"福建，一个酒店塌了，死了好多人。"

"我知道。没地震。"王麦说。她轻轻抿下一口酒，很甜，一大半是雪碧。

"没地震吗？那个酒店是隔离点儿，里面住的都是隔离观察的，还有小孩儿……"

"我知道,就是那个,没地震。"

"没地震楼怎么塌了?"他在争执。

"不知道,"王麦说,"就是塌了。"

陈年看着她,不可思议地,好像有什么东西被她抢走了。

"没地震?"

"没地震。"

他重重地哼了一声,像马喷出一个响鼻。

"你知道吗……"他说。他还没说完,王麦说我不知道。陈年说哎,你别,你听我说,我以为是地震了,我以为地震了,然后楼塌了,然后死了人了,然后这件事儿,他说,是这么长时间以来,唯一一个,说得通的事儿,在我脑子里……我不是说它是好事儿,但只有这件事儿让我觉得真实,地震嘛,从前也发生过,它不像其他的事情那么奇怪,那么假,像漫画,像蝙蝠侠,像那个电影,海报是那样儿的,黑乎乎的,还下雨……

罪恶之城。

对,罪恶之城。他闭嘴了,失落地,过了一会儿,又张开:你能明白吗?

我能。王麦说。

但是没地震。王麦说。

她可怜地看着他。她可真残忍。

陈年说知道了,我知道了。

陈年说，但是，就我刚知道的时候，我以为是地震的时候，忽然觉得放心了，终于放心了，你明白吗。

我明白。

"就觉得，松了口气，还是那样儿。就好像，碗还在碗柜里。"陈年说。

"你做饭吗，这些天？"王麦问他。

"做，不做吃什么。"陈年茫然地看着墙角。

"哎？"王麦忽然想起来，"你怎么进来的？"

"走大门进来的。"

"你有通行证吗？"

"我怎么可能有通行证。"

"那你怎么开的门，你也没门禁卡，还是你上回偷了一个？"王麦站起来去翻一个小盒子。

"我偷那个干什么！诶你别翻了，我就说，大哥，开下门，没带伞，大哥就给我开了。"

"你肯定装北京味儿了。"

"稍微装了一点儿，大哥也不在乎，大哥河南的。"

"还聊天儿啦？"

"我听出来的。乡音浓郁。"

"真行。"王麦撇着嘴。

"这有什么的，你胆儿太小了。"

"嗯。"王麦听了这话，很往心里去，她一段一段往前翻，想起许多事来。那些事，陈年是否知道，并不要紧，他所指的是不是这些也不要紧,那些遗憾事,通通因为她胆小吗?可能的。因为谁也不知道,胆大的结果是怎样。也可能是更糟乱,更让人悔和恨的。

"你为什么没感染?"

"我谢谢你啊。"陈年举起杯。

"我为什么没感染?"

"你买彩票中过奖吗?"

"我没买过。"

"我到现在没摇着号儿呢。"陈年说。

"那你怎么开的车?"

"我媳妇儿摇着了。"她没有名字。

"你看看人家,"王麦晃晃头,"什么原因,你自省一下。"

"因为她特别想摇着。"

"你不特别想?"

"我一般。"他再次倒上,第三杯,水位越来越高。

王麦拆开一盒杏仁儿,推到陈年面前,陈年抓起一把,吃了一个。

"我发现你们男的,"王麦摇着头笑,"都这样。"

"必须送上门儿,是不是?"陈年嘴里嚼着。

呵。王麦的脸冷了。她想骂他,可是没有词儿。

"我错了,错了错了。"陈年说,伸手捏捏她肩膀。

"你来干吗来了?"她要报复他。

"来看看你,"他说,"家里来过人吗?"

"来过。"并没有，可她要说有。

"那就行。"他表示放心了，但忽然站起来，那么高，高高地看着她："上厕所。"

她笑吟吟地看着他，那笑里有怪象，他背身大步往里走，看不到。他消失在走廊尽头了。她想起从前一次约会，也是这张沙发上坐着，男人说去上厕所，出来就已经洗了澡，她的浴巾明明宽大，围在他身上显得那样小，即便小，男人也迫不及待地丢下去了，把自己围在她身上。她也说不好为什么，立即配合他，好像一直在等着的就是这个。要强调自己的自由。强调玩笑的可能，强调着意愿。强调我和你，我们是一样的。

她记得这件事，但已经不记得他的名字。

陈年在说着什么，可是一边在洗手，哗哗的水声，把他盖住了。

"说什么？"她等他走出来才问。

"真有人来啊。"他像发现了大新闻。

"怎么了？"

"两个牙刷。"他喘着气坐下，像刚跑了八百米。

他忘了。她心里想，也并不失望，她自己也在努力忘。

"哈。"她假装不好意思，露出牙齿笑。

"奥运推迟了。"他盯着手机说。

噢。她心不在焉，她在想那个男人的名字。

"但是名字不变。"陈年说。

"还是东京嘛。"

"还叫2020。"陈年说。

嗯。王麦点着头。还叫2020。她要笑了,可她不想笑,她使劲儿收紧,捏住,憋在心里,这不是什么好笑的事,可她就要憋不住了,她抬起头,看见陈年已经不出声儿地笑得浑身发抖,她不行了,两个人的笑声一起炸了出来,像烈日底下突然的暴雨。这样不好,太不好了,他俩暗中反省,像笑场的演员,在心里严厉地咒骂自己,快停,停下来,刹住这股大笑的洪水。有那么两三秒钟,他们停住了,嘴巴闭牢,严肃地看了看对方,但仿佛就是这一眼坏了事(根本不是)——像两个炸药包同时点燃,再次爆发出一阵大笑。没有什么借口了,他们就是要笑。可究竟为什么要笑,他们全不知道。王麦笑得哭了,有眼泪流在鼻梁上,发痒。在一片模糊的视野里,她想起上一次,他们如此大笑的场面。

陈年喝醉了,是真的醉了,倒在沙发上,睡得沉沉的。

他家住哪儿?徐天问。可谁都不知道。

给他媳妇儿打电话?

可别了。桔子说。两点多了。

忽然之间,大家的说话声都变小了,搁下酒杯,也轻轻地,手指头点在屏幕上,也轻轻地,忽然之间大家知道了,两点多了,好像五分钟之前谁都不知道,好像上一次看时间还是晚上八点。狗屁,王麦心里想。

"啥?"桔子惊讶地看她。

"我说出来了?"王麦憋着笑,"我说了吗?我说什么了?"

走吧走吧。徐天说。

那他咋办?桔子指着陈年。

让他睡呗,能咋办。徐天已经站起来穿衣服了。

"能行吗?"桔子万分担心。

王麦笑出了声儿。

徐天穿了一只鞋,直起身来:"有什么不行的,你看他那样儿,还能干嘛?"

陈年醒了。没多久他就醒了。客厅里黑着,人都不见了。落地窗漏进寒风,把窗帘吹得鼓鼓的。他的一只手搁在地板上,皮带硌着腰,鞋也没脱,可是双脚冰凉。他以惊人的记忆和平衡力爬上了她的床,飞快地脱衣服。太冷了,他说。

"嗯。"

他听见迷迷糊糊的一声。他闻到另一种热乎乎的酒气,万千只毛孔,棉花和丝绒,洗衣液,头发,许多头发,木头味道,蜡烛的香,陌生的洗发水的残余,黑暗里阳光的残余。他钻进被子里,温热令人战栗,她转过身来,把他搂进怀里。冷吗,她迷迷糊糊地。

不冷了。

他的胳膊钳紧了她的身体。不冷了,他说。他醒了。

她笑起来,闭着眼睛。她清楚地感觉到他醒了。她也醒了。

再醒来已经是中午。王麦轻手轻脚下床去,陈年还闭着眼睛。她坐在马桶上骂,Shit! Shit! Shit! 她对着镜子刷牙,Shit! Shit! Shit! 两只眼眶子乌青,映着眼底一轮红血丝,嘴里吐一口白沫,也串着一条红芯子,手太急,戳出血来了。漱干净,才听见屋里有响动,她站到门口,看见陈年窝成一个团,俯跪在床上,不知是在瑜伽,还是在求佛。

王麦说,你刷牙吗,我找个牙刷给你。

陈年抬头向她一望,也是红眼睛,又低了头,闷闷地:刷。

王麦转身要走,陈年把她叫住:"王麦。"

"嗯。"

她回身看着他,发现他也只是看着她,苦哈哈地,想不出话来。不如我们就不说,王麦在心里想,不说不行么?可她也知道,即便是不说,也要把"不说"说出来。可那又该怎么说呢?她一边心里犯难,一边又猜陈年,他在想什么,他在难什么?她盯着陈年头顶一团乱草,心思开始谨慎,目光开始有敌意。陈年结结巴巴开口:哎,那个……

你不会告我 MeToo 吧?王麦说。

她一说完,自己先笑了,笑声尖锐洪亮,笑得墙板嗡嗡响。陈年说，你没事儿吧！也忍不住地笑了，口干，笑得一阵咳，咳好了又是笑。

笑声里陈年坚持说出话来："但是，你没事儿的……对吧？你没事儿吧？"

王麦笑着，摇着头："我没事儿，你也没事儿？是不是？"

陈年眼泪也笑出来了，只能摆手，没事儿，我们俩都没事儿。

他们俩大笑着，反复确定着对方的安危，像两个刚从火场里跑出来的幸存者，看呐，看那场大火啊，就在我们身后，就要追来了。

跑吧。快跑吧。

"我想生个孩子。"王麦说。

陈年不笑了："你怀孕了吗？"

"没有。"

"你是怕死吗？"

"不是。"

"你是想死吗？"

"……不知道。"

"那你为什么想生知道吗？"

"不知道。"

"那，"陈年说，"再观察观察吧——你是想生混血吗？"

王麦睁大了眼睛："没想过那个，也行倒是。"

"我想爱人,我不知道该爱谁了,我吓着了。"王麦说。

"人都疯了。"

"你也疯了。"王麦看他一眼。

陈年:"你不也疯了,重金求子。"

"没有重金。"

"那你是装疯。"

"还能再正常起来吗,我们人?"王麦问。

"能吧,从你儿子那一代开始。"

嗯,王麦点点头,我使使劲儿。

陈年屁股往远一弹:"你今天什么意思,是不是找我来使劲儿来了。"

王麦哭笑不得:"谁找你了?你自己顶着雨就来了。你到底干吗来了?"

陈年说:哦,你不是过生日么。

王麦眼睛一立:我生日都过去多少天了。

那我不是今天才想起来么!陈年说。

王麦一伸手:东西呢?

陈年说:没东西,我都来了还要什么东西。

雨声成片了,清晰地响在窗外。没有星星,夜是黑的。

"你到底干吗来了?"王麦说。

陈年说我来看看你。

你不是。王麦说。你是来看你自己,另一个你自己,你在别的地方看不见。

陈年说我没那么自私吧？

你慌了吗？王麦问。

我……可能有一点儿吧，你慌吗？

我不知道……就好像，一开始你觉得是假的，慢慢变成真的了，然后真的又太真了，就又成了假的。

她叹了口气：什么事儿也不奇怪了。

等吧，用不了几天。陈年说。人多健忘啊。

我不信。王麦说。

她就站在窗前，张开耳朵，听这夜里的潮水声，仿佛万物的讯息汇聚而来，叫人颤抖松散，也或许是酒精的力量。上车了，陈年说。明明已经下过雨了，又是一场。春天取消了吗？那也是不奇怪的。人就这样醉了疯了，也是不奇怪的。她已经笑过了，在荒唐和严肃之地他们一起笑过了。她现在又要笑了，或许是酒精的力量。天这样黑，沉沉的均匀的黑。她抬起头，看进高高的天里，要记住那些不亮的星星，或一条纯蓝色的鲸鱼。

公路与小径
My Way

1

"讲!"

一群人围着他,提出这个要求,带着狂热崇拜的激情,和不容商量的语调。这一些人在他的低处,在光所不及之处,面目模糊,只形成一个集合的指令。

他首先因为感到被侵犯而愤怒,可愤怒一晃就消失。他记起似乎存在某个契约,规定了他的义务——满足他们此刻的需求,正是他的义务。

可他对那需求一无所知。他们要他讲什么?想听的是些什么话?谁曾与他交流,达成怎样共识?他空空立于山顶,却不见脚下山。人群仍是人群,但不见一张张脸。他在过往中紧急地搜寻然而一无所获。没有丁点筹码,可供他完成这眼前的交易。他感到绝对的无知,接着是空落的自由,随后是轻盈的、无甚所谓的恐惧。

当他睁眼醒来，一切便不同了。历史由远及近，呼啸而来。从出生到昨夜，从爬行到驾车，春夏秋冬，道路笔直。道路之上他的存在渐渐地显影，先是右肩酸疼，之后腰间冰凉，随着大脑的清醒而来的是自然的心悸，他重新闭上眼，屏紧鼻翼，小心地呼吸，等待它过去。每天如此。

陈年：诗人，文学翻译家，文学评论家，作协资深会员，儿子，前夫，重度吸烟者，被青年称为前辈者，被朋友称为老陈者，被物业称为业主者，被快递公司称为收件人者，被调酒师称为先生者——一块块巨大木牌，在路边不断竖起。

陈年一边刷牙一边呕吐，最终精疲力竭，在镜内抬起头。镜中人目光关切，面色泛白，而眼白泛红。头发是新剪的，尖尖刺刺，无法再短，因而黑发掩不住白了。白发后生，势头渐猛，但仍不足气候，由黑里丝丝缕缕渗出来，像薄雪落地裹了泥。剪头的是个小师傅，不搭话。陈年担心早晚劝他染，自己先开口，问，您看我这个要不要染染呢。小师傅毛巾一抖：用不着。

他扑了两扑水，将脑后伏扁的一块草皮扶正。又拿一面小圆镜来，照在头顶观察——白发他是不怕的，老亦庄正，但荒秃不免滑稽。这一照让他心惊。顶上一块，早先只是稀疏，周围拉拉挂挂，并不显得怎样。如今一概短了，中央亮出茶杯大小一块白皮来。镜中人持镜对镜，圆瞪着眼睛竭力自照，忽然被陈年看在眼里。心头脚尖浮起难堪，肩肘一僵,掉了镜子。没碎。

婚是去年离掉的。先头有原因,却未想到离,都说"为了父母亲"。事过境化,人心也化了,终于和和气气分别,也是"为了父母亲"。妻子离开家,陈年回家便多了,辞了饭局,连厨房也用起来,一年光景里,隆了胸腹,少了头发。

但今晚的约要去赴的,老贾新开一间酒吧,请老朋友们去坐,抬抬人气。"开酒吧不为挣钱",老贾说,为的是"哥儿几个到了有个地方去"。

那还不是真到,陈年想,否则开什么酒吧,该开疗养院。

2

进门时手机叮当一响,是一篇书评的稿费。近来青年作家多,评论界跟不上,陈年担起了担子。起先还有些挑拣,渐渐来者不拒,市面畅销书的推荐里总有他的评语。家家找他,也因为陈年确是认真写的:漂亮话有,批评探讨有,鼓励有,还总要得出些外人读不出的好来。老贾们懂得陈年是手头窘迫,不惜零打碎敲,但笑还是要笑,喊他"陈鲁迅"。陈年啐一口:我是胡他妈适。

墙面是大块的金镶红，水黑的细框，红黑里也都散着金粉。尽是镜面，天地四下全是镜面，然而不给光，路过也只见蒙蒙的影子。尽头吧台是亮的，陈年就朝着吧台去。

调酒师瘦削白净，精短的头发，可是面粉唇红，眼角飞凤，陈年识不出男孩儿女孩儿，就点点头。没有酒单，品类写在黑板上，他担心现结，便问：老贾没来？

调酒师客客气气，说先生贵姓？老板朋友可先挂账。

亏了角落沙发里一声喊："陈！这儿！"陈年一回头，是九哥、老袁先到了。坐下没一会儿，老贾和旁的朋友也陆续到，人越来越多，分成两桌。

"吃没吃饭？"九哥问。

老贾叫来服务员，"有炸鸡，火腿，有沙拉……"

"不要那个，"九哥打断，"煮碗面。"

挨个儿问，都说好，一算，八碗面。

"我那天一看，鹏鹏可真是大了。"九哥对老贾叹。

"比我猛。"老贾说。

"比你猛。"都点头。

老贾儿子送到洛杉矶上学，前一阵趁假期，老贾过去探望，朋友圈发了几张父子照。

"老袁可是还得等。"九哥眯着眼一瞥。

"早呢！"老袁嘴上骂几声，可眼里乐呵呵。儿子刚会走，是外遇里来的——本来不想留，女方犟着生了，一见是儿子，老袁立即离了婚，娶了儿子妈。这是第三婚，前两家都是闺女。

当初为什么没要孩子老陈？人堆里不知是谁问。

责任心，他说。

没人赞同也没人反对，没人表达信或不信。他的回答没能使话题发展，连提问者也忘了问过。语言发生又消失。在同龄人里，他越来越难掌握对话里能量的流向。

"陈老师！"

不知谁带来的姑娘，忽然间亲亲热热唱一声，腰身随着"师"字儿一同飞过来，正撞在陈年托着面碗的肘上。好在碗也不是面碗，小小圆圆，容了面没容下汤，险险一倾，没洒。

姑娘眼尖，抓了块纸给陈年，换下他手里碗，搁在桌边："抱歉陈老师，太激动，我是您粉丝。"

"什么的粉丝？"陈年问。他可干过不少事儿。

"您！的！粉！丝！"姑娘凑近了嚷。

"也是诗人。"九哥拿眼神介绍。

"不算不算，我那是瞎写。"姑娘摆手，还是冲陈年，"我最早读的诗，都是您翻的。"

"那可糟了。"陈年笑。

老衰让了位，去另一桌。姑娘安心坐了，越来越紧挨着陈年。像镜头太贴近，景色就响鼓重锤地糊成一片。又何况他眼已经花了，物件要放远，才能安心看。

他四十九岁，已经失去作为青年的面目，还没攒够老年应有的荣誉。最使他厌恶的是当下，这些不被看见的，这些臃肿的、蒙面的、尚未被定夺的时刻。

"你叫什么？"陈年问。

"您愿意我叫什么？"

陈年皱眉。他不爱听姑娘这样说话，可姑娘们就是一代代地变了。他年轻时的姑娘，是稍不乐意就有资格扇你一嘴巴的，然而这些姑娘跟他一起老了，老成男人样子，唇周生出青胡来。

九哥老贾都挪开脸，留出姑娘和陈年。"前辈收集癖"，他们早给这类姑娘起过名——把自己当礼物，专粘圈里的熟脸，不图人，也不图利，乐意是全心的乐意，也是短暂的。经验崇拜，男人们推测。

"夏霓。"姑娘说。"我叫夏霓，霓虹的霓。"

散场还不到午夜，一次比一次早。

"你行吗陈年？"临出门，老贾一脸正经地关照，"不行这旁边儿，"手往上一指，"我们跟酒店有合作。"

夏霓偎在陈年袖子上，她喝得更多，扬言送陈老师回家。

"走吧，没事儿。"陈年笑嘻嘻跟他们告别，由着夏霓扯住他晃荡。虽然他早累了，不光是今天，但那是无法宣布的事。他警告自己，尽快调动情欲——他不做父亲，孤身一人，再不风流些，败都败得没由头。

"喝点儿茶吧。"进了屋，陈年先烧水，眼睛避着夏霓。

"不喝。"夏霓闭着眼伏近来，酒气喷进陈年颈窝，人像一团醉雾。

"喝吧，醒醒酒。"他把她置在沙发上，自己坐正了，冲茶盏。他宁愿她醒醒，他有点想说话，即便是和她。他更宁愿没有她，好脱衣上床，合眼失眠。

夏霓仿佛说醒就醒了，大睁着眼睛，起身里外盘旋。

"您这儿书真多。"

"搁不下，好些都捐了，这一架是当时……"

"我都没看过。"

"留下的都是旧书……"

"这都没拆呢！"

"那一堆是出版社寄来……"

"连快递都没拆！"

"嗯。"陈年开始烫茶，水开了。

"快递都不拆！怎么忍得住？"夏霓嚷起来。

"小点儿声小点儿声。"

"我可忍不住！"她嘻嘻笑，"我给您拆了吧。"

她盯准几个盒子，扑棱着拣来，一屁股坐在地上。

"这个拆过了，"她嘟嘟囔囔，"什么这是，信啊？"

陈年两步过去，夺下来。酒和紧绷的自勉都失效了，压着的难堪浮起来。

"这么多信,"夏霓眼里发亮,"情书吧?"

她坐回陈年身边:"谁写的?"

"我写的。"

她咯咯地笑,表示赞赏:"给我看看。"

给她看看,陈年想,她当这是理所当然的,就因为在这夜里她在他的家,她便是他的现时,于是也有权共享他的过去。

"回吧。"陈年站起来,"不早了。"

他眼睛避开夏霓:"我喝了酒了,送不了你。"

3

没那么远,算算就是六年前,他有份清晰的事业,有个家,有远在上海的情人——王麦。他给她写信,勤奋地。他们常常见面,每天通电话,但他要写信。信里他叫她大姑娘,小姐姐,王八蛋,毛贼,王老师,大傻子,敌军(太狡猾),妖精(他是唐僧),女鬼(他是书生)……王麦的来信比他少得多,被妻子知道后扔了,扔掉的还有王麦和他自己。在审判中他回避了九成的事实,不断地对那已暴露的一成加以肯定。奇妙的是,在这过程里,他迅速成为自己的信徒——没有更多,就是这些,仅有的这些,被语言留住。

很快地，遗忘主动发生，效果显著。他发现背叛自己如此容易。

这些信在昨天被陈年收到，未加任何注释。他决定不读。这个举动如此恶毒，他不想让她得逞。

"我不要女儿，我只要你。"

"我不要当爸爸，我是我父亲的儿子。"

他的一生都被语言追逐。先是父亲式的，文白间离的，再是政治的，改天换地的，随后是外来的，被误解或想象的，然后是疾速的落潮——语言向单一的大门迈进，向符号、影像、数字迈进。人开始要用同一句话，表达一千种意思。对准确的追求遭到鄙夷：当接受教育不再是特权，拒绝教育就成为特权。

4

大土豆子：

你得意什么！先说正经事。你的诗受人夸奖，当然是好事，可那不值一提，因为我早夸过你，我日夜尽心称赞你，还不足够吗？你不要当我嫉妒。我生气是因为仿佛我的夸奖在你那里并无价值，倒是那些阿猫阿狗说了才算数。真是颠倒乾坤！我再告诉你，得了夸奖怎么办？不必当回事（除了我的）。埋头写下去。写才重要。

你说越写越感到"一切都在语言中缩水"。这一点要再讨论。但我可知道,你一开始妄自菲薄,就是偷懒的前兆。随你嫌我唠叨吧!我就是要唠叨你。我眼见了太多年轻人对自己不珍惜,对机会无知觉。你我不许。

你要我诚实,今天我就对你诚实。我是谁我并不知道——这并非虚无主义;我想要是谁,大概已经来不及了。

我不嫉妒你的年轻,我嫉妒他们的,这些蠢货,我嫉妒,可是不害怕,谁能像我一样听得懂你说的话呢?甚或是你没说的那些。

你要去玩,要见人,我挡不住,可不该是那些人。

我已经死了,我活在有你的梦里。你不要以为梦是假的,就是这梦让我每天睁眼醒来,走出门去。梦是真的。

想到你也活着,做事情,我已经足够高兴。那一天你比平时早起,克服懒惰,我实在高兴极了,因为你听了我的话。我求你抓住更多时间,因为往后的时间是丑陋不堪的,不足以再做交易。你的未来三年,要胜过我未来十年。每一天我都在替你着急。

可是你不该乱交朋友,不是因为我嫉妒,是因为他们不配。

5

夏霓站在电梯口,眼泪一下流出来。眼皮带着酒肿,又干又薄,泪水一冲,立刻杀得疼。她不记得按电梯,只怔对着电梯门等。金属镜面映出一张满满的白脸,两眼细成一条线。这么丑?翻出化妆镜照,还是她,刚才只是变形。她当然不丑,但从来也不算美。个头中等,不胖,但总是比匀称多出一点点,就努力在衣服发型上下功夫。二十九岁半了,还没准备好,就对人说二十七——先带着光荣说奔三啦,人再问,再说二十七。

她其实是受够了年轻了——空张着大眼睛,在乱林里钻。可要她定下一条路,又可惜另外一千种。最恨困在学校那些年——人人年轻的地方,年轻就不值钱。她记得一篇童话,金王国里,人人是金子做的,都不知道自己贵,直到有人走出去。她就走出去了,走到陈年们当中,以文学的名义。

她不是对他们着迷,她对他们对她的渴望着迷。男孩们的渴望是虚荣而挑剔的,险象环生,朝令夕改。而陈年们的渴望是艳羡,体贴安全,让她舒心:你挥霍吧,还来得及。

并不因为性。她的性经验也从不像人们以为的那么多。只是,性仿佛是打开自由的秘密,她从小如此听说,可她已经足够长大,还没找到。她渴望伟大激越的、变化多端的生活,遗憾想象力用尽了,于是仰赖经验的刺激。她不信天分或运气,不信任何未见之物。她所能信的,只有那些锈迹斑斑的经验,那些真正见识过时间的眼睛。而那些眼睛所能透露的,在脱光之后要比衣冠楚楚时多得多。

可陈年竟把她丢出来,实在不讲理。她又不是爱他,凭什么受他这样羞辱。他和她该是轻松的,戏剧一般的,带着意外之喜和感激之情的。她给他一点结果,而他给她一点原因,两个都好走下去,在这呆呆的人生里。

他竟把她丢出来。

6

小王老师:

有三种翻译:

"福楼拜发现了傻"。

"福楼拜指出了愚蠢"。

"福楼拜大谈愚昧"。

一个人的话,一旦走远一点,马上变成多种样子。这是人间的大限。

你才初初上路,困顿着作品难于生活,而我走到了下一个时刻:生活难于作品。你说我志得意满,于是自大欺瞒,那是不公平的。我对自己越是失望,越是对你不敢。你我之间,如果有一个是坏蛋,当然是你。这些天来，你什么都骂过了，无法无天地欺负人，可你看看我在做什么？可有一天我不惦记你？

你是先识得爱，后遇见我。有一些旧经验安在我头上，是不能算数的。我的爱是新的，我的爱是新的，不只于你，于我也一样。我对你的耐心，是对爹娘也没有过。这话讲出来，真该打自己一耳光。我不求你对我好，只是你要明白我，看见我。你要能看见万分之一我的苦，就是对我好。

九号是妈妈的生日，记住打电话，不光你要感谢她，我和你一样地感谢她。

你说我的难听话，我都拼命不放在心上。只是你说"我的爱让你不喜欢自己了，而你本该很喜欢自己的"，这太叫人伤心。自你以来，我令自己惊讶，令自己羞愧，你明知道，却不救我。倘若我做的是坏事，唯一的安慰是你成长为更好。要是你连这一点也不认，就真没良心。

我是多么要赢的人，可是跟你下棋，我愿意输给你，因为你那么聪明。你可要一直聪明下去，连做正事也聪明，像对付我一样，聪明仔细不偷懒，我就永远给你赢。

我不要女儿，我只要你。

刚才电话里忘了说，你气得发烧，要吃一罐黄桃。

你先不要吃了，我很快带着黄桃去看你。

也不要吹空调。

你的秋冬衣服，上回我整理装箱，举在衣柜顶上。

你因为傻，肯定忘了。等我去了拿下来。不要自己拿，也不要请人来拿。

好友：

还能不能称你为"好友"？如果不行，也可称你为"一友"，就是一般的朋友，这样我想大概没问题，因为你一向是个人便称作"朋友"的。

对不起。

说好不再联系，我没耍赖或忘记。这本来也不是信，只是每天枯想落了笔，不小心寄去你那里。

你看我字如何？近来退步很大。

人瘦得明显，被九哥嘲笑，说我谈恋爱。心脏一到傍晚就不对头，无端上来一股邪火，隆隆地过火车。自然你是不在乎，并且不在乎得很对，我举双手赞成，还要向你学习。互不在乎，这是我们的五年计划。

我要通知你，春天来了。不是我多事，是因为你糊涂，如果我不说，你一定不知道。春天不光是春天，春天是你的生日。生日该要被庆祝，尤其是你的，尤其是这一个，你该大大地庆祝一番，跟任何人，以任何方式，都应该。

也包括恋爱。你该跟人去恋爱，而不必担心我。我糟糕透了，可你要忽略我，不然我会更自责。别说傲慢、妒忌、易怒什么"七宗罪"了，哪怕大奸大恶，也不是三六五天二十四时都恶的，甚至大部分时候还仪表堂堂。只是他们心里总有过不去的坎儿，被这坎儿难住了，就正如我。我不是好人，可我对你不坏。

你信不信感应，不信也无所。我说你恋爱，并不是刺探，而是真知道。有些时刻里，我感到你所感，见到你所见。我清楚你恋爱了，至少算得上一段相遇。我感得到你动心，你感到我心如刀绞么。

不说了。苦极了。

你再不等我，也是应该。你说我虚伪懦弱，损人害己，都对。过了四十岁，听人讲我都是好，不过是笑脸多真心少，剥开来嶙峋森瘆这一面，也就只有你见得到。我知你知，剩下的日子唯有苦熬。我祝你好。

顺路提，这几天我将到上海去，是为工作。你出门要带伞，因为我苦得使它下雨。

7

有那么一个瞬间，他以为王麦的目的达到了。他打开魔盒，发现自己令人憎恶得像个女人，无法想象那竟是他，曾如此地被爱占据，可怜兮兮。然而在短暂的难堪之后，他马上被自己迷住了。这个已被时间冲刷完毕的情人，早已逃脱不堪现实的罗网。那些有损美与体面的因素早已不复存在，而那些敏感的恳切的灵魂般的自白，在与他无关的此刻熠熠发光。

那是另一个人的自传，他清楚，不是他的。他的记忆里没有那样一个自己。那是一个他从未认识，并将无法着手认识的陌生人。那个人赤裸着，血肉之上是温柔坚韧的皮肤。如今皮肤是衬衫、布裤、羊毛袜和软皮鞋。赤裸已经丢失，即便在睡眠时。没什么再能刺破他，无论何种语言，无论是谁的。他感到轻松，甚至于振奋。他赢了，或者至少没失去。扔掉形容词，打磨一个整洁的短句，留下去。

而在他整洁的记忆里，依然耸立的是那第一次约会。他在傍晚之前走出家门，向城东驶去——在一条熟悉的高速路上下错了出口。随后夜幕降临，黑色的大风像一声呵斥，席地卷起。他先是开进了村庄，再穿出去，又一头扎进密林中。没有公路，没有灯火、指示牌和另一辆车。树木古老得似乎未曾遭遇城市，杂乱而野蛮，土地含着不满的石块，不断将他顶起。风劲越来越大，夹着凄厉的哨音，一只只大手拍打车顶。他只管紧贴陡峭的岩石走下去，担忧这场迷途将使车伤痕累累。他看见黑土里遍布闪亮的碎玻璃，或是葬身于此的冰山残骸。藤条垂下一只只眼睛，怜惜着枯叶、新苗和这渺小的过路人。他看见云絮和风的淫媒，看见深深的地底粗壮盘错的根系，看见天空和大地黏稠地交缠在一起，这道路的尽头，这陌生的、恐怖的另一重日月。

随后,和一条小小的柏油路同时出现的,是一片清淡的晚霞,像一杯兑过太多水的橘子汁。他到达约定的路口,王麦瑟缩着、笑着立在风里。

但这些也许都是假的,连同此刻,尤其是此刻。对于自己的处置,他向来比命运更加摇摆不定,连许愿时心头也斗争。如今该他解放了,他已经提交足够的供词。

敲门声,是夏霓。

梦是真的,他的确这样说。当夏霓骑上他的肚皮,他看得见她的驰骋。他所提供的并不足够,他有点儿抱歉,也明白她不在乎。

该说话吗?

不。王麦说。一切都在语言中缩水。

陈老师。夏霓轻轻地叫。

另一个人。他又从梦里醒来了,比每一次都坦然。他被一双年轻的眼睛紧盯着,仿佛要榨出一篇演讲来。他闭上眼睛,目光、语言和脚步都破碎。他看见是他自己而不是别人,未曾走在这条路上。

重 逢

Passing By

王麦进门的时候大衣扑张开来，裹进一团寒气，顷刻就融了。店里非常热，王麦在一张张红扑扑的脸里头搜索着，直到看见角落那张大桌。五六个人，周游坐在最外面一角比画着说话，衬衫袖子卷着，羊毛背心脱在旁边座位上。

王麦赶紧小跑过去，来晚了。她拎起周游的毛背心放在他面前然后直接坐在了旁边。周游正在说话，偏头看了她一眼，话没断：对，我就是说医院里头的场景其实看咱们预算，能花钱搭的话，那咱们手术室的戏就多写点儿。其实这样效果好。我建议啊牛总，这个钱该花。

坐在周游正对面的男人打断了他，指着王麦问：这位是？

周游赶紧接上：你看我正要介绍，这我们编剧王麦，这一版大纲她出的。王麦你又晚了，这位，是咱们辉睿影业，牛总。

牛总站起来欠了欠上身：你好你好。

王麦也赶紧站起来想握个手，一看够不着，屁股抬一半儿又落下了。

周游接着卖：王麦之前也是学医的，虽然毕业就转行了但也实习过一年多。将近两年吧王麦？

王麦刚要张嘴周游已经回过头继续说了：写这个戏一点儿问题没有，然后我们还有专业顾问——对，王麦你还没见过，那位是六院陈主任。

王麦这时候才看见，坐在她十点钟位置的陈年。那张脸上的五官她曾经多次抚摸亲吻，如今好像重新排列组合过，竟不能一眼认出。她知道那就是陈年，但此时看上去，只是一个长得像陈年的人。

陈年轻轻开口：主任医师，不是主任。

周游不同意：一回事儿，主任医师比主任还牛呢。

陈年不让他：更不对了。

周游哈哈着：你看这就是为什么我们需要这个专业顾问。这里头好多常识啊，老百姓都非常容易误会。

牛总问王麦：小王你之前学医是在哪儿？

王麦把眼睛从陈年脸上拿回来：在上海。

复旦。陈年说。

我们俩是同学。陈年说。

周游一拍手：真是巧！牛总你看看我们这个项目，这都是吉兆！这必须成。

他心里想的是：回头问问王麦，交情深的话，顾问费省了。

王麦知道陈年在看自己，就抬不起头来。她偷瞟玻璃墙上自己的倒影：刚洗完还没干的头发塌在脑壳上打着绺，像几天没洗头，于是更抬不起来了。她有点儿想走。她低着头拧着眉毛思考，可是心里空荡荡，像覆着大雪的田野，一根线索也没有。

噢在上海上的学，牛总颇有兴趣，还都来北京了。一块儿来的？

不是。王麦一抬头：他先来的。

王麦想起他们一起住了大半年的那个小房间。她来北京之后，他们俩一块儿去租的。厨房什么样儿已经忘了，就记得床。他们老在床上。

陈年盯着牛总，眼神里少了一点耐心：这几年没怎么联系。

王麦心里一算，十年。

有时候她偶尔想起陈年，觉得他应该已经离开北京了。因为这些年再没碰上过，就算北京大，总没有那么大吧。她觉得这个人已经没了。

还挺好吧？陈年对着王麦，艰难地问出一句。

王麦一进门他就看见了。两件事让他心生别扭，一是他觉得王麦毫无变化，二是王麦没有认出他来。王麦坐下的时候，眼神客气地扫过整桌人，陈年在那个仪式里努力把自己送出去，像港口飘扬的旗帜，只等她惊讶回应。可她竟没认出来。

还挺好吧？挺好吧？王麦在脑袋里一遍遍过着这句话，突然生气了。什么叫好，什么叫不好，又什么叫挺好呢？十年的时间，是一个好不好就能概括的吗？是当着周游牛总这些人的面能讲得出的吗？十年了第一面第一句，你要问的就是这么一个敷衍空洞的问题吗？

但是王麦微微一笑说：挺好。

两个字出口那一瞬间她懂了。

周游心急，接茬儿说起来：老同学合作更默契，王麦你这些年没在医院，以后多请教陈主任。

还是心外科吗？王麦问。

陈年一点头：还是心外。

王麦：累不累？

陈年：其实更累了，但倒不像从前那么觉得累。

王麦心里生出一个笑容，在嘴边晕开。她想说：你说话的样儿也变了。可是不能说，因为不知道下一句怎么办。所以就没说，就光笑。

她笑，陈年就只好看着她，用眼睛托着她。应该不恨我了吧，他心里想。

烟戒了吗？陈年问王麦。

没有。

带了吗？

带了。

周总，陈年站起来，我们俩出去抽根儿烟去，这里头不让。

又冲牛总点下头：不好意思啊。

王麦揣上了烟和火儿看着他，心想：都学会了。

周游勒着牙，嗯了一声。

王麦跟着陈年走到门外，大风呼一声欺负新人似的卷过来。陈年本能地转过身，挡住王麦，发现太近又退回半步。

王麦敲出根烟递给陈年，陈年没接：我戒了，不抽了。

王麦有点儿失落，自己点上。

陈年问她：你现在，就一直写剧本？

王麦点头：嗯，是。

陈年：写剧本挣钱多吗？

王麦笑：非常不多。你不也认识周游，还看不出来嘛。

陈年：我哪儿看得出来，我也不了解你们影视圈。

王麦：我可不在影视圈。

陈年：那你一般都写什么？

王麦：让写什么就写什么。

两个人互相不敢看，于是轮流看，你看我的时候，我就看别处。

你结婚了吗？王麦突然问。

啊。陈年说。

结了吗？

嗯。陈年说。

是和那个谁……

对，许淼。陈年说。

那挺好。王麦盯着脚边儿的灰台阶。

王麦：多久结的？

她指的是他们不再见面以后。

陈年：没多久，很快。

陈年觉得他和王麦还不到时候，还不能诚实回顾。他不想说太细。

王麦：很快是多久，一年？

陈年：那会儿，还不到一年吧。

王麦：哦。

陈年只好说了：不结不行，有孩子了。

王麦：哦。

王麦：男孩儿吗？

陈年：男孩儿。

他们当然都想起了，曾经给未来的孩子起过的名字。陈聪明。这是他们最终决定要用的。现在你看，没人愿意要这个破名字。他们连提也不能提。

王麦：叫什么名儿？

陈年乐了一下：陈沧亭。沧海一粟的沧，亭台楼阁的亭。

王麦笑出声儿了：你儿子跟人自我介绍就这么说？

陈年也笑：对，这么教的。他姥爷给起的。

王麦忍住笑：太坑孙子了。他姥爷自己叫什么名儿啊？

陈年想了想：许浪。

王麦突然又笑，笑得很厉害：这一家子，跟水干上了。

陈年不笑了。

王麦收住声，丢了烟：咱们进去吧。

陈年没动，问王麦：你结婚了吗？

王麦站直了：你看呢？

陈年：没有。

王麦：为什么呢？

陈年：不为什么，要么就结了要么没结，随便猜一个。

王麦：没结。

陈年：为什么呢？

王麦：不知道，可能因为没意外怀孕吧。

陈年没吭声，他知道王麦不是故意带刺儿，可他不喜欢这种幽默感。

你记得吗，王麦说，那次我跟你说，我觉得我们俩有问题，我想谈谈，你那段时间医院特别忙，你晚上跑回来跟我说，你能不能别闹了，我肯定会和你结婚的。

不记得了。陈年说。我说了这个话？那然后你说什么？

我说我知道了，王麦说，就是因为这句话想要分手的。

陈年深吸一口气。情绪，情绪有什么意义呢？

算了，陈年说，也不光是这句话吧，也有其他问题。

嗯。王麦点头。

天呐！王麦忽然问，那你儿子现在都上小学啦？

三年级了。陈年迟疑了一下：你想看照片儿吗？

王麦：想看。

陈年掏出手机来，一张一张翻过去。男孩儿很瘦，看上去很活泼。王麦在心里默念：陈沧亭，这是他的儿子，陈沧亭。

这是在哪儿，出去玩儿吗？王麦问。

陈年：在德国，法兰克福，在那儿上学。

王麦：他自己？

陈年：和他妈。

王麦：出去多久了？

陈年仰起头，好像在算：啊，六年。

王麦不知道说什么。想了一会儿说：有什么问题吗？

陈年：有吧。大家都有吧。谁没问题呢。

王麦：那他们常回来吗？

陈年：一两年回一次吧。他妈在那儿有研究项目，挺忙的，回来一次太花时间。

王麦：那你过去吗？

陈年：我也很忙的。

王麦点头：嗯，还给医疗剧当顾问呢。

陈年偏头看她笑：你知道为什么我猜你没结婚吗？

王麦：不知道啊。

陈年：你还是劲儿劲儿的。还没捆住的那种劲儿。

王麦看着他：可能因为在你面前吧。还是不一样。

陈年：你们这个戏能拍成吗？我看今天这谈的，没必要让我来啊。

王麦：到底谁找的你呀？

陈年：找的不是我，院长派的任务，不知道谁搭的桥，反正联系人就是周总。

王麦：周游。

陈年：就他。

王麦：他擅长野路子，一说谁都认识，实际谁跟他也不亲。

陈年：那你呢？

王麦：我就是跟着他接活儿。

咖啡馆的门从里面推开，周游探出半个身子：怎么样王麦，进来吧？

嗯嗯。王麦看了陈年一眼，两人一起往里走。

周游还没坐下就说话：本来说今天聊聊剧本，王麦那边有事儿过来晚了，这又碰上老同学。

牛总打断他：不是不是，主要是最新这一版我也没看，部门里头也还没做评估。剧本这一步不着急。戏好写，主要是项目。它得有别的东西，这个我也在考虑。老周你也再考虑一下，局面再打开点儿。

王麦看陈年一眼，意思是：你能听懂吗？

陈年回她一眼，意思是：什么狗屁不通的！

俩人在心里乐起来。

周游一顿点头：对，其实我真的，一直我也都在考虑。那然后今天咱们这样吧，换个地方，好不好？就跟我走，我安排。

牛总未置可否，但开始穿外套。

王麦小声问周游：去哪儿啊？

周游眨着眼睛，没说。

陈年起身走到周游旁边：周总我就不去了，你们……

还没说完，周游热情握手：好好好，医院肯定还有事儿，陈主任你先回去忙。

陈年点着头：然后，王麦我带她一起走吧，好长时间不见了，我们叙叙旧。

周游又开始眨眼睛，看了牛总一眼：那，也行。

王麦迅速收好包，简直想跑起来。他们俩走出大门，都很想笑。

衣服扣好。陈年回头跟王麦说。

王麦：扣好了。

陈年：围巾拿出来围上。

王麦从包里掏出来，往脖子上一绕。

陈年还看着她。

王麦又绕一圈儿，系上。

陈年：咱们，往哪儿走呢？

王麦：先这么走走吧。

陈年：那走走。

王麦：我记得你上学时候，对女生可凶了，一班那个女班长谁来着，开着会你把人生生说哭了。

陈年：那是因为她太笨了。

王麦：你也把我说哭过。

陈年：那不一样吧，又不是谈工作。

王麦：就是谈工作，学生会的事儿。你说我过分骄傲，不信任群众，任务不下放，搞得自己很疲惫。看似辛苦，其实一点儿不值得同情，都是自找的。

陈年直瞪眼睛：我这么说你？你瞎编的吧？

王麦：我编它干吗呀。你就这么说的。就大一那年我们俩在一起之前。

陈年：那我可能是激你呢，想让你记住我。

王麦：得了吧，你当时可不会这些招数。

陈年：一点儿不记得了。

王麦：那你记得什么？

陈年：我记得你有件风衣，黄色的特别好看。我特别希望你穿，你一穿我就想带着你在学校里来回走，很自豪。

陈年看王麦一眼，笑：比较虚荣。

王麦：我记得我们俩那会儿没钱，你特别气人，出去逛街我试衣服，买得起的你就说不好看，不让买；买不起的你就不着急,一劲儿说好看。

陈年:我那么狡猾吗?这不像我。

王麦:我就知道你不承认。

陈年:那会儿是没钱。你记得吗有个暑假我们想不回家了,想在学校旁边租个房子住。

王麦:我记得我记得。

陈年:一千五。那时候觉得真贵啊,租了就吃不上饭了。

王麦:看完房就灰溜溜打包回家了。

陈年:看了三次呢。

王麦:朝南的,特别好。

陈年:其实那会儿当家教,这钱也能挣出来。

王麦:对呀。

陈年:对什么对,你就特别懒,不爱去。

王麦:我怎么没去,我去了。

陈年:你光教一年级小孩儿,还挑男孩儿,还必须长得好看的。去了就是玩儿。一小时才三十块钱。我教高三数理化,多难啊,你还让我只能教男的。你考虑过我的感受吗?

王麦:那怎么着你还想教女孩儿?你考虑过家长感受吗?

陈年:真的,你现在写剧本这个事儿,能挣够钱吗?

王麦:挣够干什么的钱?

陈年:吃饭,买房买车买衣服,这些。

王麦：吃饭够，别的暂时不用。

陈年：以后呢？

王麦：明天不就是以后吗，和今天一样也挺好。

陈年：我就说你一点儿没变。

王麦：你也没变，爱教育人。

陈年：那是因为……你看我除了教育你我还教育过谁？

王麦：那是因为什么？

陈年：关心吧。

王麦顿了一下：我记得……

她抬起头看陈年一眼。

王麦：我记得那天，我从手术室出来，见你站走廊上哭，T恤都脱了擦眼泪。哭得话都说不出来。看我出来还给我擦。我都没哭。

陈年：我当时……

陈年说半句低了头，想笑，没笑出来。

陈年：我当时是想，以后一定对你好，到我死吧，一直好。这些苦都要给你补回来。

陈年：就没想到这么快。

陈年声儿一下哑了。

王麦伸出手去够他的脸，又降一格儿，落在陈年的胸口上。

陈年：你不知道当时你脸特别白，一点儿血色都没有。从里面晃晃悠悠出来，护士也不扶。就朝我走过来。太白了。我看一眼就受不了了。你看你现在这么黑，看着多高兴。

陈年把自己说笑了。

王麦也跟着他笑。笑了一声，没防备，呜地哭了。

你抱一下我。王麦说。

陈年敞开大衣，展开肩膀，像一件斗篷那样包住王麦。王麦两条胳膊伸进陈年衣服里去，搂住他的腰，像以前一样。

抱了一会儿，王麦带着哭腔笑：你还用香水儿，你现在怎么这么浮夸。

你一点儿没变。陈年的胳膊紧了紧，王麦的胸贴在陈年身上。两个人热烘烘的，不说话了。

陈年：你冷不冷？

王麦：不冷，你冷吗？

陈年：想不想喝酒？

王麦：喝也行。

陈年：我想喝。

王麦：嗯。

陈年：去哪儿喝？

王麦：你说。

陈年：你记得原来我值班儿时候老不能正点儿回家，你就跑到我们医院附近那个宾馆住，等我下夜班儿。

王麦在陈年怀里仰起头：去那儿吗？

陈年：不去那儿。

王麦又气又笑，拿膝盖顶了陈年一下。

陈年：那儿太破了，咱们换一个。

王麦点头：嗯。

王麦松开陈年，给他拉好大衣。陈年捞起王麦的手，攥在自己手里。他们重新走在北京的夜路上，看上去和从前那个夏天一样。一男一女，一对普通夫妻。

买完了酒陈年站在台前掏包付钱。王麦看他不方便，自己把手抽出来。陈年又给抓回来，揣进自己大衣兜里。王麦手挣着，直蹦，陈年瞧她一眼：老实点儿，还没喝呢。

两人又走回路上。王麦问陈年：你说如果我们俩当时结婚了，现在会离吗？

陈年：可能不会。我不爱离婚。

王麦：那如果我说离，你肯定一下儿就同意。

陈年：那当然了。你既然决定了想走，我留你干吗。我不爱强求。

王麦：你和许淼会离婚吗？

陈年：不会吧。没考虑过。为什么离婚？

王麦：我记得你说你们有问题。

陈年：都有问题。谁家没问题啊。哪能一有问题就离婚。

王麦：可是感觉你们之间问题挺大的。

陈年：我现在不考虑这些，稳定就好。科里事儿太忙，我手里也有项目。再说我们俩一个医院的，离婚的话也不好。

王麦：对什么不好？

陈年：对什么都不好。医院你也待过，怎么回事儿你还不知道吗。

王麦：她走六年了，六年你怎么过的？

陈年：正常过呗。

王麦：怎么正常过？

陈年：上班儿下班儿，吃饭睡觉，打球，和老余他们，老余你记得吗？

王麦：其他的呢？

陈年：其他什么？

王麦：你知道我指什么。

陈年想了想：我有个女朋友。

王麦站住了：你有个女朋友？

陈年也停下，还拉着王麦的手。

王麦开始憋不住，乐出来：欸你记得吗，那会儿也是有一天，我们俩好好儿的，突然你就跟我说。

陈年切进来：不是好好儿的，那时候已经分手了。

王麦：分手可是又好了。然后突然你说，哎呀，其实我现在有个女朋友。

陈年：那当时就是这样我有什么办法。我们俩确实是分手了，许淼又一直对我挺好的。

王麦：是对你挺好的，儿子都带走了。

陈年：你知道我和许淼什么问题吗，就是历史遗留问题，就是你。

王麦：啊，现在是怪我了。

不是。陈年叹了口气。不是。

王麦：你就是软弱。你觉得你做不了坏人可你就是做了。你知道那时候我是怎么熬过来的吗？我花了那么长时间，我自己都不知道……陈年，我从小到大没受过那样的委屈，到现在也没有第二次。

陈年：可能我是吧，我就是软弱。你知道你和许淼哪儿不一样吗，就是你会说出来，她不会。

王麦：所以你就选她了。

陈年：我不是选了她。那会儿你们俩闹得太凶了，我真扛不住了，我没经历过这种局面，见都没见过。我也委屈你知道吗？我不是坏人，我从头到尾都不是故意的。

王麦：然后呢？

陈年：然后你走了，她没走。

陈年：至少为这个我到现在都感激她。

王麦：她比我温柔，是吗？

陈年：她比你冷静。她比我都冷静。

王麦：她知道你现在有女朋友吗？

陈年：我觉得她不在乎。

王麦：那我呢，我应该在乎吗？

陈年：我不知道，这个你自己决定。

王麦站在原处，不知道要往哪儿看。

王麦：她是干什么的？

陈年：我们科里实习生。

王麦终于又笑了：天呐陈年，你终于混到这一天了。

陈年也笑：她挺成熟的。

王麦：你先找的她还是她先找的你？

陈年：算是她先找的我吧。

王麦：为什么挑你呢？

陈年：可能因为我没长肚子吧。

王麦：没肚子当不了主任啊。

陈年：过几年再长，来得及。

王麦：你想当主任吗？

陈年：我早晚要当主任的。

王麦感觉到了那股遥远的爱，在回来。她伸出手去，放在陈年脸上。

陈年握住她的手：我现在都不知道该怎么亲你了，都不记得了。

王麦：那就再想想。想起来再说。

陈年：咱们接着走吧。

王麦点点头。走了几步忽然又：这酒店是你们平时去的吗？

陈年弯下腰两手拄在膝盖上,简直要哀叹:王麦,多少年了,有十年了吧,我得过我的生活,这里面有你不喜欢的部分,秘密于人的地方,我相信你也有。你想让我在一夜之间为你解释清楚吗?

王麦紧锁着眉毛,不说话。

陈年:是,你看上去没有变化,一点儿都没有。你觉得我会为你高兴吗?我觉得不变不是好事儿。我甚至看不出来你有没有往前走。

王麦:我有。我往前走了。

王麦没表情地说:我有男朋友。

陈年站直了:哦。

陈年:住一块儿吗?

王麦:没有。

陈年:为什么?

王麦:我不愿意,不自由。

陈年:那你打算什么时候放弃这个自由?

王麦:走着看吧。

陈年:你不是害怕吧?

王麦:怕什么,怕你们男的吗?你们没什么可怕的。

陈年上前一步:不怕就好。

他的手向后抓住王麦的头发,王麦仰起头。两张久违的嘴重逢,王麦尝到陈年嘴里咖啡的余味。她发现他接吻的方式也变了。

很快他们就找回了欲望，陈年的身体不断向前，简直要压在王麦身上。王麦几乎站不住了。

远处有模糊不清的歌声：

和你在一起我已经，
把什么都已忘记。

陈年突然一转身拽住王麦：走。

他们一路上没再说话，进了酒店大堂陈年去前台开房，王麦坐在沙发里等他。她掏出手机，两个未接来电，一条信息。

周游，一小时前：到家了吗？我在外面，给你打电话？

王麦回复：还没有，在聊天。你完事儿就回家吧。

周游很快回了一条：我马上到家了。明天她去外地，我去机场送完就去找你。早点儿回家。不用回了。

王麦关了手机。

陈年已经站在电梯口等她，王麦起身跑过去。

电梯门一关，陈年就把王麦推在墙上，狠狠地亲吻她。王麦的腰卡在横栏上，疼得眼角渗出泪来。可她没说。

进了房间，陈年一言不发，脱王麦的衣服。王麦挣脱他，跑到床头关了灯。

陈年又打开。

王麦又关掉。

我胖了。王麦说。

她心里想着他的实习生,她想说的是:我老了。

陈年走到她身边,又把灯打开。

陈年:我得看着你,你不胖,你哪儿都没变。

王麦:我变了,可是你不知道。你也变了,我也并不全知道。

陈年:这样不是很好吗?

王麦摇头:不,这不好。

陈年在床边坐下来。

王麦:你想象过我们见面的情形吗,今晚之前?

陈年:早几年想过,最近没有了。

王麦:你想象的是什么样?

陈年:都忘了。那时候心情和现在不一样。

王麦:你觉得我陌生吗?

陈年:没有,不觉得。我和你说话,就是把你当成从前那个人说话。现在你是谁我不知道。

王麦:你也不想知道。

陈年:不想。

王麦:你也恨我吧?

陈年:我不是年轻人了,三十五了,你也是,恨谁都没必要。

王麦:喝酒吧。

陈年:现在喝?

王麦：我想喝。

陈年：我不想喝酒。

王麦：我想。

陈年：然后呢？

王麦：然后我就睡着了。等我醒过来你已经走了。

陈年：我就这么走了？

王麦：对。

陈年：你希望我现在就走吗？

王麦：不希望。

陈年：你害怕吗？

王麦：我害怕。

王麦往前蹭一蹭，坐在陈年怀里。他们听见对方的心跳，听见走廊上的脚步声，听见片刻之后的酒杯碰撞，听见火把熄灭。他们心里浮起自己的生活，又被这一刻压下去。所有大风都等在窗外，过不了多久他们就要走出去。在越来越多的声音里他们又听见那首歌：

  和你在一起我已经，
   把什么都已忘记。

缅甸日记

of the Tour

那天下午就和世上许多时刻同样的，事后想来早有预兆。接听一个电话原本算是平常事，但声音和气味一样，有其特异效用，能在语言之外，无中生有拨开一条路来。事后无论悔恨还是庆幸，都来自记忆的误解，和对那点可怜巴巴的预兆的高估——有多少不可救药的迷路者，明明从头到尾手持着地图呢。

"对不起。"他在电话那头说。我的朋友。

我当即分辨出，他的抱歉起于还未说出的话，而不是已经发生的事。同时我察觉到，这一个对不起的含义，更接近英语中的用法：对不起，你有此遭遇；对不起，这并不公平——而不是结案陈词般：我对不起你。野蛮人爱用刀棍行使伤害，文明人则擅长一些小小的语言习惯，比如泛泛空谈，言不由衷。察思至此，我乐观起来，安慰自己不必过多准备。然而很快我又错了。我希望我的记录能令我记住，乐观不利于察，更不利于行，乐观全无用处。

"我希望你跟我一起,到缅甸去。"

"为什么?"我因为这个提议的无理十分想笑,但我牢牢记得与人交流的礼貌,我忍住笑。

他立即无奈起来:"我们早就说过了,你也同意了,你有几次都同意了。"

我几乎能确定这是谎话,几乎能,但也必须承认我的记忆中曾有空白,谁没有呢?我略微停顿,顺势问道:"去干什么呢?"

"该去了。来不及了。要拆了。"

我听不懂他的话了,我闭嘴沉思:要么耗些时间问个清楚,要么立即确定他是个骗子——利用我对自己的怀疑来实施欺诈,长久以来这样的人并不少见。

他叹了口气,像个好脾气的幼师一样诱导我:"你站起来,看一看外面——要拆了,全部拆掉,什么都没有。"

"好",我答应着,可是坐着没动。我看得见。许多人搬走了,可那并不影响我。说实话,人们不断离开令我的烦恼更少。

他仿佛听见我的想法,说起人们搬家的一类事,并且隐晦地指出是因为我,我的错,例如曾有某个热情的好人邀我共度一些愉快时间,却被我态度恶劣地拒绝。

"过山车马拉松,你是说那一次吗?"我立刻生气了。"我坐不了过山车,一次也不行,更别说三天三夜了。"

"人家是好意。"

"你怎么知道？"

"那么还有，"他另辟战场，"那个姑娘，送你礼物的姑娘。"

"一只孔雀！"

我按照那个姑娘兴奋的指示，打开门：一只巨大的孔雀，活生生地，占满门框，等我饲养。我关上门，没再开门，也没再和那姑娘说话。

"谁需要孔雀？！"

"谁都需要孔雀。"他又叹气了。

"我不需要。"

"听我说，"他口气软下来，变得异常诚恳，不过在电话里，人人都诚恳，"过去的事情，我们不说了。"

"是你先说。"

"好，是我先说——过去的事情，我们不说了，但是现在，无论如何，你要听我的，去吧，哪怕看一看。你相信我吗？"

我想了想，我想要思考，可是无从思考。"我不知道。"我说。

他很久没说话："你要理解我的处境。"

我又想笑。我连他语言的字面意思都不能理解，又怎么能理解他的处境。我急躁起来，像一团火，这并不复杂，只是一次选择：答应他，不答应他。既然拒绝令他如此痛苦，那么答应他好了。

"什么时候走?"

"你准备好就走。"

我们一走下飞机,就有些人和汽车迎上来。当他们确定地表示我在这里绝对能够开车,并对我的担心和推辞表达出敬佩和赞叹的时候,我就知道这是怎么一回事了。我穿过当地人的重重热情,找到我的朋友的眼睛,他欣慰而谨慎地微笑着,意思大概是:还不止这些呢。我看见我将要驾驶的汽车,和地上的砖瓦、天上的云雀一样,像花朵一般绮艳,而花朵和花朵中的花朵,倒像土壤和水流一样平淡。我的朋友与他搭建的景境融为一体,巨大而简陋。我明白如果生日蛋糕上的蜡烛已经全部点亮,你就不该迟迟不肯关灯了,我当然明白。

路面窄小但算不上崎岖,汽车的驾驶系统完全像是给小孩子设计的玩具,使我有点意外。基本上它只有两处需要操纵的按钮,走或停,而怎样走和怎样停,似乎与我的意念相关联。这样一来实在太简单了,但我知道家里的汽车并不是这样开。

"不难吧,是不是?"他从后座探身过来,赞许我但实际上是赞许着自己。我心里明白他此行的目的,可不仅仅是让我能够开车这么简单。比如现在,坐在他身边暗影中的男孩还未被介绍,只是因为时机未到而已。车行的路线似乎是我在把握着，然而我确信，不论我们即将经过、到达哪里，等待着的早晚是一桩交易。

车停在一间旅馆前，这时我才发现，已经到了傍晚的最后一刻——云层之间相隔甚远，相隔如同密室与密室之间的长廊，云片清长而薄，呈现出透明的紫色，偶有边隙漏下小小的金光。在这最后的天色里，旅馆的门墙顽强地显露身姿——和等在门口的管家同样稍向前倾，经年雨水冲刷的粉迹与日晒的裂隙依缠在一起，漆色也许是芽黄，也许是岩青，也许是血红，时间里一层覆盖一层。我没了猜度的兴趣，再抬头夜空已经漆黑至极，没有月亮和半点星光，四下与我都消失。

"想要仰望，是不是，"他不等我回答，自己回答道，"我想要仰望。"他强调着，重音落在"我"字上。何须说呢？我看见他虔诚的眼里，仍然映出云紫与金光，映出一整个天空，而除了他的眼睛，我已如盲人般什么都无法看见——天已经太黑了。

他拉起我，向旅馆走去，一边又不厌其烦地罗列起驾驶的意义，而其中最重要的一条是："它并不难，你想象它很难，可你做到了，就跟你喜欢骑马一样，对不对？"

我对他一路来无休止又毫不恰当的比喻早已失去耐心，忍不住指出："我不会骑马。"

"怎么能这么说!"他愤怒地捏紧了我的掌心,随即又放松,握着我的手一同向上扬了扬,像在对谁说:我们在这儿,我们就在这儿呢。

旅馆的大堂正像是童年夜晚邻居的客厅,每一盏灯光都浑浊而有重量,比黑暗更加使人昏昏欲睡。我坐在一旁,"考虑到她的身体……"听见他们断断续续的密谋。他们的声音清楚,咬字准确,是无名的阻碍使信息在我的头脑里中断。我太累了,我想告诉他们我没有时间来停止对抗、参加到他们的意图当中。但我没有。我连这告诉的时间也没有。一切都在我眼前暗中发生,一直是这样。

一走进房间,我就注意到床头灯变了位置。从前它被无奈地摆在床脚,如今床头边狭窄的缝隙里,嵌进了一只难得同样狭窄的床头柜,于是床头灯真的在床头了。

他站在我身后,轻快地压抑着得意:"怎么样?"

我咧出笑脸,点着头尽量大声说:"嗯。"心里盼望这种小小的喜事尽快过去,不然人们又要为它探讨出无尽的意义来,像我们对待葬礼上的死人那样——赞美他,来掩饰我们对废物的一贯歧视。他明白这盏灯一直以来给我造成的困扰,而我明白问题的解决完全是他的功劳,就够了,不够吗?我愤怒地在心里质问,我脸上的笑容神乎其神。

"该睡觉了。"他看我在床边沉沉坐下,据此判断不该更进一步。在他话语的尾音里蕴藏的永恒之中，我闭上眼睛享受起令人放心的黑暗，终于啊，终于。当他巨大的眼球和口腔再次出现时，我并计算不出我睡了多久、是否得到了所需的休息——我发现身上穿着熟悉的睡衣，这说明我曾回家去。已经过去多久？我说不好。我换上一套购于当地的艳丽得几近透明的衣裤——已经穿旧了，踩上一双草编拖鞋，在满满地凝结着水珠的沉甸甸的空气里游动出去。从街边人们与我笑谈的态度看来，我早已算不得游客。我在橱窗里看见，如今我拥有一头干枯坚硬、劣质草结般的黑色卷发——就是出自市集尽头那几个整日滔滔不绝的年轻学徒之手，他们骄傲地为我命了名，Big Hair。

"看那边，又一只孔雀，是不是？"他在小心里添加一些不经意，为在指出我曾犯下错误的同时马上表达宽容。遍地是孔雀，我早看见了，也早看腻了。这里的孔雀只只都像落魄禽鸡，体型瘦小，毛发蓬燥，色如废墟，唯有脸前一只凸喙不成比例地巨大、尖厉。他开始在几只孔雀丛中逗弄，仿佛起舞，兴致盎然，而我知道它们完全可能下一秒就把他咬死。出于同情我静静站在一旁，没有出声提醒。人人自有判断，就让他们去吧。我据以判断的证据就是它们没有眼睛——你知道一张脸上该有一双眼睛，也许的确有，你只是看不见。

他兴致勃勃回来，继续我们的散步。我不露声色地等待着，希望他能开口说起这次交易的具体事宜，而他再一次没有，转而谈起眼下的雨季。我习惯地顺应着，我的耐心奇怪地随着一次次失望愈积愈多，每一次小小的尚未如愿都令我感觉踏实。我掀开宽敞的袖笼，向他展示皮肤上密密实实的黑色圆斑。

"我觉得是因为下雨，你说呢？"我轻轻抚摸着其中一个圆点，并不凸起，比皮肤更加光滑，"每一个都是这样标准的圆，像最小号的硬币。"

"好处就是湿润，"他像没有听见我的话，"身体感受到湿润，精神也感受到湿润。"

然而他分明有意地一把拉下我的衣袖，把黑点盖住。

"是啊，是啊。"我点着头，我已经察觉了空气中这些水珠的功能，它们吞掉一些表达，吞掉一些不被接收的力量。

"我知道你回过家。"他说出这句话，像是对我某种问题的回答，对这一点我当然不满意，但更加令我在意的是，他把那视为我的背叛——"令我失望了，你"——这就是他的意思，却全然不念正是因他而起，我才曾亲眼见何为背叛。我那被礼貌牵制了太久的愤怒终于找到理由，为使场面不至于过分戏剧化，我冷静生硬地说：我要一件雨衣。

"先吃饭吧。"他再次魔术般拿出一个新的提议，计划中的餐馆适时出现在眼前，他领着我大步走进去，把我和我的话语留在门外一颗颗水珠里。

这是我第二次见到那个暗影中的男孩,他和他所依附的暗影的样貌与当时别无二致,仿佛一束光的两面。透过他我看见我的母亲,她的神态留在不曾和我相识的岁月,似乎是衰老,也似乎是年轻。他们匆匆走近,向我们这一桌潦草致意后,便带着歉意表示有事在身,随后匆匆离开。我的朋友在这一片慌乱中风度不减,已向服务员交代好了我们的餐单。

"那是……"我望着他们的背影。

"噢,"他恍然大悟似的,随即好笑于我的惊奇与留恋,放心地宽慰我道,"不是今天,不是在今天。"

人们总想取得我的信任,而手段总是欺骗,正像人总念叨着要攀登,却一得机会就往下跳。我们一桌六人,都露出牙齿来冲我笑。我长出一口气。等待终有回报,交易近在眼前。

辨别谎言很简单,只要你只想听真话,假话就会令你的喉咙感到恶心,眼底阵阵眩晕。但这并非多数人的选择,连医生也不推荐。如果人类停止说谎,幸福将从何处来?赌徒的明天何在?不可想象。我们出于饥饿,什么都信,只为给自己生火,拿点安慰果腹。想想吧,人间哪有账本,幸福来自欠债,生命便是索爱之债。

"那么,哪位是……"我用眼神询问他,想辨认出这场交易的主理人。而他眼色一亮,"上菜了",将我的问题拨到一旁。

这类本地著名的美食日复一日愈加著名，也日复一日令我从无味到恶心。光洁的浅碟分别铺盛着绵糖、细盐和一种棕色的苦粉——据说你将在三十分钟后颤抖着迎来回甘——每人一份这样的三粉套餐。餐桌中央是一只高大的三层竹箅，内容物供全桌分享。最上一层的格漏最为稀疏，高高盛满了生麦粉——大颗粒留在上层，较细与更细的粉粒在时间里缓缓下漏，分别落在第二第三层竹箅上，得以满足不同人的挑剔口味。

"来吧。"他从最上一层舀起一大勺还未筛好的麦粉，全部吃进嘴里，喷香地嚼着。众人意外于这漂亮激进的吃法，自愧不如地啧啧赞叹。我同其他时刻一样毫无胃口。一目睹高昂的兴致，我的内心就更加沮丧。很多人认为，愉快像疾病一样传染，其实是彻头彻尾的谣言。

主题在交谈中渐渐显露：是一场演奏会，一场未来的演奏会。原来如此，清楚了，我在第一个狂热的手势里就看清了整个陷阱。事实是此地没有一样乐器，也从没出生过一位音乐家。"努力！""前进！"人人目光发亮，竭力证明自己已经看见了传说。是的。是的。传说不需要传说本身，传说只需要一个接一个心照不宣的人。

这就是他们意图邀请我所做之事：畅想，描绘，空中之城。我像个新手一般指出我们缺乏乐器，我亲爱的朋友立刻回应道：人们更加缺乏耳朵。这不假。多日来我便是其中之一。我不光缺乏耳朵，同时缺乏眼睛、食道、毛细血管和神经中枢。我额头滚烫，又全身发冷，一日之际全在梦醒之间的对抗。他们体面地表达同情后，训诫我说不远处正在发生战争——真正的战争，而当我表明甘愿成为一名真正的士兵时，他们又立即斥之为妄语胡言。有些人没答案，有些人没问题，交谈起来看似热闹、互帮互助，实际星转云散，狗吠猪哼。我明白演奏会必将发生，也许已经发生了。节奏早离我远去，世间音乐已不由我。我看着我的朋友，他拿出法官的眼神，等待我内心俯首——或是哪怕没有，也不要紧。他想拿到的是我的信服与交托，先按下手印，真正的信服日后再说。一人口中讲起笑话，"明天，明天"。我毫不犹疑笑出声来。规则如同母亲儿时服过的药物一般在我的血液里一息尚存，我并非不知道，此处应有欢笑。

在夜幕降临和太阳升起时，我的眼球即蒙上一层阴翳，使目之所及颠倒、溃烂。无论白天黑夜，我不为人知地半盲着，宛如一只从太空望向地球之眼，总被云层遮蔽。然而云层偶尔露出破绽，像老光棍使用多年的床单，拔丝絮烂。有时在房屋里，有时在山间，有那么几分钟我的视力恢复，感到万千信息刺破阴翳，洞穿而入。感官与感官团结一致，一旦看得见，你便也听见闻见，所见所闻伸手可触。体温与气温融为一体，心脏退后一步，跳动于所有心脏中。有那么几分钟,那感受就像童年之家,世界就是房屋和家具,万物未来即是房屋和家具,既小又大。你面对未知,感到苦涩的熟悉,心生悔恨。你学会眼泪换不来糖果,从一数到十则可以。

我们驶离城区,进入两片白桦林间,左边一片,右边一片。树干粉白,又细又长,像高举的手臂,前倾着站满山坡,尸体的聚集。

在山路上我们换乘大巴,昨晚的雨使路变得更窄,两边的松土化成软泥,像女人的舌头,不断舔舐高大的橡胶轮胎,一点点不留心就会被她吞噬。乘客们低头忙碌着旅途之外的生活,相信意外从不在自己身上发生。我坐在左侧后轮的正上方,它又一次滑进了泥舌,身下不远就是陡崖,司机利用方向盘摆动车腰,小心地挪拽。来吧,来吧,我在心里呼唤,让我看看你的旨意。我观察山崖的坡度,计算这样的大车将完成几次翻滚,我们会在哪棵树脚下碎裂、流血,干燥地死去。我抬起头,正与他对视。我眼里的向往交换了他眼里的失望。

一向谨慎的人往往辨识不出胡说八道,尤其是自己的。看!明天!他不断拉我入伙,像醉鬼饮着空杯越来越醉。我知道那不过是语言,是灵魂离窍时的不由自主。选择死亡是否不可原谅如同选择掠夺和杀戮?

我无法感知世间隐情和言外之意,哪怕是人尽皆知的联系。久而久之,我对隐情这种东西完全失去了兴趣。人们由于自大，事事都要换种说法，偏不直言。由于自大，坚信人生是场寓言，乱中有因。这类比喻越发令我恶心。

许多疾病使身体死亡一部分，聋哑，断肢，视网膜脱落，鼻炎。另一种死亡则不为人知，它们早早彻底地发生，躲在幕布之后，切断台上的表达，之后便是长久而冷静地窥视观众。没人明白已经开始散场，直到完全的死亡最终出现。在这之间的时刻我们忽略不计，混为一谈。为了避免歧视，我们把所有人和病人混为一谈。不过当死亡行动起来，只有病人前去迎接，维护气氛。我们退后到大厅四角，低眉顺眼，像远房亲戚赶上了主人家的盛大聚会。主人越从容，我们便越难堪，越感到被冒犯。

选择死亡是否不可原谅如同选择掠夺和杀戮？

还是不行。尸体和他一同摇头。他们早知结果，却假装这是令人遗憾的新发现。人活着便要这样，说些时髦又不顾灵魂的话，猛踩油门，不可松懈，塞紧时间。尸体的目光扎穿阴翳，我记起他是谁。他在第三天到来，发明了谎言、长夜和瘟疫，说那是爱。他发明了尽头，驱赶天空只留沙土，却说此中有希望。人总不同意伙伴先走，但允许他们漫长地自杀，这杀戮越漫长，苦难越持久，好人就越心安。我记起他是谁，他闭口不答，一切清楚异常。他说来吧，既然如此，跟我来吧，我带你去。

终于见到了海。我眼前只有他模糊的人影，模糊的步履踉跄。我感到一股崭新而亲切的快意，像苦恼少年的首次喷薄，羞愧又放肆。海水一块块撞击而来，冰冷滚烫，和所有梦里一样。我们立即深深埋入她巨大腹中，滩岸遥不可见。

海上当然没有船。从没有过船。鱼和天使一样，是我们臆想之物。受凉使我的体温骤降，通身舒畅。空中飘满了氧气人人一份，唯独没有我的，深埋在海里才能呼吸。海水乌黑，和皮肤一样黑，将我从我眼里隐去。四下只有这黑色的海，只在其中才能感到她温柔高耸的振荡。我努力向他传达我的新知，我的喉咙越是喧哗，越被这寂静吞没。

关于世上的问题，人人都有点主意，又都不是办法。为什么答案总是旅行，因为死不过是走开，而旅行走开又回来，简直两全。

"不是那样，"他说，"不是你想的那样。"他一遍遍说。我看出他已经不信，我看出他早有计划。他的在场开始显得不合时宜，像墓穴里永生的承诺一样令人恐惧。我的皮肤乌黑、厚实、光滑，在水中浸入，又不断浮起。他向岸边划去，他一上岸，岸便消失掉。夜色和阴翳一起降临，我无法下沉，也无法着陆，可触摸的只有海水，和我的皮肤。死亡被禁止，永恒的漂浮。

我听见客厅或书房地板上的脚步声，尽量缓慢、轻省的，祈祷不被人听见，尤其是我的脚步声。可地板已经太旧，像老头子的膝盖或脊柱，叹息着吱吱作响。他们的目的是打扰，却伪装成联盟。酒店仍然封闭地开放着，我已不再是房客，前台姑娘神情冷淡，但不担忧，世上房屋一天比一天多，总归不愁人来住。

人来人往，在我的床边，过往在呐喊，企图再发生一遍。我们总是过分温柔地对待自己，追求傻笑，浅尝辄止，把力量像脏水一样泼到大街上去。人们需要堂堂正正地侵犯，而非矢口否认，小偷小摸。你不光要注视聆听，还要常常攻击，以获取力量和愧疚，否则必定渐渐萎靡，生如同死——揪来时间，把它拉长，把道路与目光一并拉长，就能够耗尽愤怒，叹息，温柔地叹息一切不得完成，再满足于叹息，随后满足于寂静。

"我知道，你以为我感到抱歉，但事实正相反。"我使出所有力气。欢乐令我恶心，而欢乐正是你。

甜蜜，水粉色甜蜜从喉咙漾起，从指尖，从头皮，深深的腹地漾起。男孩来了，小小的黑影。我看见他和我一样没有眼睛，而我和他一样通体乌青，我感到胸腔里奔腾的气体缓缓泄落，我看见休栖的可能。

"把票给我。"我对他说。我要回家。

出 差

Night Out

"7到18!"

周游在客厅里喊,使劲儿压过电视里某个女演员委委屈屈的独白,好把声音传进卧室来。

但他就是想不到把电视小点儿声,王麦想。

"9到21!"

"6到16!"

没有了,就这三天,他报的是未来三天上海的气温,王麦将要出差去。晚上,他们俩在外面吃了饭,一回到家,她就把行李箱拖进卧室里,准备要带的东西。一双小尖头黑色高跟鞋,在会场和晚宴上穿。一双系带帆布鞋,在火车上和所有其他时候穿。一条牛仔裤,两件衬衫,一件珍珠色真丝,一件漆黑丝麻。一条无袖乳白色棉布长裙,长过脚面,腰上穿一根金色仿麻绳,松松打一个结,是她大学时候买的,快十年没穿了,前几天翻出来,洗一水,烫平,高高挂在阳台上。又选了两条正装裙,一条黑色短袖小掐腰,下摆及膝,一条墨绿色连身筒裙,都很保险,又方便,不怕起皱。有许多条更大胆的紧身裙,豹纹,羽毛,血红色,她看都没看。有那么几年时间,这样的衣服她常常穿,在夜晚开始之前,打开衣柜,穿上一件,在镜前扭一扭,晃一晃,再换一件,要过好久才能出门,为了许多眼睛,为了欢愉,为了自足,为了猜不到结果的外面的世界,为了说不清方向的未来。

未来就是现在,就是正仰在客厅里消食的卡着报销金额点菜吃的周游。她又想了想那些好久不穿的裙子——只是暂时没有穿,她想,还会再穿的,只是不是明天。

"带不带雨鞋?"周游走进来,倚在门框上,曲着一条腿,脚趾头在袜子里抓来抓去。

"带雨鞋干什么?"王麦看他一眼,在箱子旁边跪下来,把两件衬衫挪到上层,盖住那条白裙子。

"上海爱下雨。"

"有雨吗?这三天。"

周游低下头,划两下手机:"没有。"

王麦叹出一口气:"去吧,你看电视去吧。"

"都谁去啊这次?"周游在床边坐了下来。

王麦看他一眼:"老贺,于楠,还一个实习生,你去把外裤换了再坐床。"

"我换了啊,"周游揪了揪裤兜,"这就是家穿的裤子。"

"你昨天下楼买烟不都穿出去了么?"

"那就五分钟的道儿,也不脏,我也没在外头打滚儿。"

王麦盖上了箱子，没拉拉链，推到墙角，走过去轰他："那你也起来，别坐床。"

周游沉着屁股，不动，后背靠着王麦："不封箱啊？"

"万一再想起来什么呢，临走再封——你今天怎么这么管事儿？"

"你那白裙子搁里了么？"周游说。

"哪个白裙子。"

"新买那个白裙子。"

"什么新买的，旧裙子，新洗的。"

"嗯，搁里了么？"

"搁了，怎么了？"

"不怎么，"周游站起来，把那条松垮的运动裤，往腰上提一提，"挺好。"

王麦做出嫌弃的样子，白他一眼。周游懒洋洋走了出去，又懒洋洋几步走回来，看着她："什么时候买的？"

"忘了。"王麦说。

她说忘了的时候，两眼看着他。说完了也没动，仍然看着他。就在这一刻，毫无预兆地，她感到自己准备好了，能够迎接愤怒或争论或痛苦，能给这平静的尸体做解剖，能够睁大眼睛凑近了看，就宣判，就扫兴，用这股突然的勇气。来吧，她心想。

敌人不是周游，她知道。

可是敌人是谁呢？

周游也不知道。他忽然眼睛一亮:"打起来了。"然后匆匆跑到客厅去。

谁打起来了?王麦跟到客厅,看见周游眼睛不眨地盯着电视。

不是真的,是电视。电视里的人啊,又打起来了。

那条裙子,是她和陈年一起买的。在上海路边的小店里,一百五十块——原本是六百块,不需要老板娘强调,他们俩都知道,因为一趟一趟去看过。上海的小店很怪,衣服要比商场里卖得贵,和他们两人的家乡反过来。一开始,他们以为店主看出他们是学生,坐地起价。过了好久才发现,小店就是要贵的,因为一物一件,号称国外运回来,穿了不会和人撞。"个性呀,"老板娘把这词咬在嘴里,"商场里那些工厂货,有什么好穿的,白给我我都不要穿的。"

王麦很爱这条裙子,六百块的时候她就爱,一次次去试。"合适的,"老板娘刁钻的眼睛上下打量,她不讨好人,也知道王麦不会买,但实话实讲,"你高,又瘦,头发做一做,气质也有了,合适的。"

嗯,嗯。王麦点一点头,就脱下来,换上牛仔裤,拉上陈年的大手,去吃麻辣烫。隔了大半个月,他们路过那家店,不好意思再进去,已经走过一大截,老板娘开门叫了一声:"小姑娘!"

"就肩膀这里,一小块,你看,一层油粉,擦也擦不掉，"她认认真真，摊开给王麦看，"也不知道哪天是谁了，肯定就妆太厚了嘛，天也热，穿穿脱脱的，就蹭下来了，我擦也擦不掉。你喜欢嘛，一百五十给你。我都收起来了的，留着给你的。"

王麦看着那一小块油粉，染在乳白色的麻布上，现出淡淡的橙红色。她看了陈年一眼，她就要笑出来了。她曾经多爱这条裙子，现在她更爱了，她尤其爱那一块擦不掉的油粉，有了它，这裙子才会是她的。她两只手紧紧抓着它，眼睛笑成两道弯，喉咙里嗯嗯几声，脚上蹦了两下。

好好好好，陈年过来抓住她胳膊，别蹦了，咱们的了。他掏出钱包来，抽出两张钱，一百，五十。

"现金哦，"老板娘接过去，对灯望一望，收进钱箱里，又看一看王麦，"装袋子吗？穿不穿起来？"

王麦说不了吧，装袋子拿走吧。

陈年说穿嘛，你就穿着走嘛。

王麦说不穿了吧，今天穿着球鞋，也不搭。

陈年说，你穿嘛。

他就牵着她，乳白色的，肩上染着一块油粉的王麦，在刚刚入夜的马路上，转着，绕着，两个人，笑了又笑，抓着手，远远近近，像心不在焉地跳舞，像脚下是大理石或红毯或广场，像聚焦，像头顶打下一束光，像真的有音乐在某处响，像他们俩真的听见了。

一走进酒店大堂,头上就是黑色和金色相间的穹顶,扬散着淙淙的轻轻的钢琴声,淡而柔嫩的香气,宽大的方形沙发,更加宽大的玻璃茶几——大过一张双人床,黄铜的看不出是什么的雕像,再远是高高的拱廊,安静,昂贵的安静,高傲的轻盈。王麦走进去,帆布鞋一脚陷进又厚又软的地毯,像掉进大坑。她发现自己比谁都矮,比谁都粗鄙毛躁、不属于这地方。她走到前台,不由自主地踮脚,告诉那个穿套裙的姑娘,她来参加一个会议,没有找到签到台,那么接下来,她该怎么办?套裙姑娘微笑:请问您参加会议的名称?她的左胸上别着金色的名牌:李华。她可不像一个"李华",她像个王妃。

中国上海第七届关节论坛。王麦说。她忽然笑了,她想起周游说,这个关节论坛,都哪些关节去?

您稍等。王妃说。她拿起电话。

一个挺壮实的姑娘风风火火从电梯里赶出来,直奔王麦,问她是嘉宾还是媒体。王麦说媒体,她说出她的单位,那个医学网站的名字。姑娘捏着几张纸,拿笔尖一格一格往下顺,密密麻麻的表格。

"这儿!王麦对吧?王主编?"她问。

"嗯。"王麦说。她们单位全是主编。

"您签个字,给我留张名片。"

她拿出一张名片,在壮实姑娘手里换到了房卡——两张中的一张，和三天的餐券。媒体都是两人间，姑娘说，三餐都是自助，在三楼餐厅，有用餐时间限制，不含酒，额外消费不能挂账，明天的晚餐券没有，因为是晚宴，在二楼宴会厅，七点半入场。

王麦一只手握着行李箱的拉杆，一只手捏着房卡和餐券，开始觉得这是个错误。她想走了，想立刻上车回北京。她可以给老贺打电话，说自己病了，换他来，假如他马上订票，同时奔车站，可能连今晚的自助餐都赶得上。什么都还来得及，她心想，除了她时时刻刻在想的那件事。

陈年。

房间不大，但显得很大。两只小沙发，一张小圆桌，白色纱帘外头，是个小小的阳台。两张大床，紧紧挨着，每张床上摆着一只礼品袋。洗手台很宽广，两套迷你用具。马桶旁边就是浴缸。

王麦换了拖鞋，在沙发上坐下，拆开一只礼品袋：一本宣传册，彩印；几张A4纸，给媒体发稿用的资料；一只标准信封，现金，五张一百元；一条蓝色挂绳，一张硬塑卡片工作证。

她把现金放进钱包里，A4纸塞进行李箱，最后翻开那本宣传册，第三页开始，是会议发言嘉宾介绍，一、二、三，第五个就是他，陈年，精短的头发，黑框眼镜，不笑，下巴微微上扬，甚至有点儿气哼哼。照片没修过，别人家脸都是粉白的,只有他一个黑黄。

她不是第一次看见这份名单。一周之前,在老贺发群里的那张邀请函上,她就看见了。

不是什么大会,老贺说,可去可不去。

不去不是也得发稿么。于楠说。

通稿他们给,图片也是他们给。老贺说。

那还不如去一趟了,联络联络。于楠说。

我去吧。王麦说。

我好久没回上海了。王麦接着说。

对哦,麦麦是上海毕业的。于楠说。还贴了个笑脸。

群里静下来。静了很久,老贺@了王麦:自己订高铁,3号去,5号回,票留着,主办方给报。

王麦说:好,记住了。

老贺又问:还有谁想去?@于楠

于楠:@老贺谢谢领导,麦麦去我就不去了~

王麦跟周游抱怨过:"真恶心,我妈都不管我叫麦麦。"

周游说,那你妈管你叫什么?

叫小麦,麦子。

周游笑呵呵地说,那不一个意思么,不都是显着亲么。

"我跟她亲什么亲!"王麦觉得周游莫名其妙,"同事就同事,有事儿说事儿,没事儿别装熟。最烦她这种虚头巴脑的。"

嗯。周游喉咙里响一声，表示这个话题说完了。他眼睛看着前方，看着一辆一辆车屁股上的红灯，看着路口穿来挤去的自行车，看着高楼挡住的最后一点夕阳光，越来越浅，越来越稀，越来越脏，一大群黑鸟，扑啦啦啦，逃命似的，从楼群之间飞过去，红灯越来越亮，连成一片光晕，车里黑下去，三环已经入夜，可是假如你站在高处，能看见山那边还有最后的太阳。

"你管我叫什么？"王麦问。

"我管你……叫宝宝。"周游说。

王麦想了想，说："不是。"

"就叫王麦。"

"也不是。"

"叫缺心眼儿。"周游说。

王麦没笑。王麦神情凝重，好像刚刚发现了重大秘密，她说：你从来不叫我。

周游没反驳。车龙往前挪了一点点，他也往前挪了一点点。王麦看着他，他看着前面，他说：你也不叫我。

他说得没错，王麦自己也发现了，她说不出他的名字，不知道为什么，就是说不出口。她没法跟人提起——我男朋友，周游。也没法当面喊他：周游，你来一下，周游，你看这个。他和她的名字，总在对话里被省略掉，但是不影响表达，对不对？他们俩都这么想。

除了那些她和他不在一起的时候，只剩其中一个的时候，另一个就会完全地消失，像从来没有出现过。

一个没有名字的人是不存在的。

陈年穿了西装。深蓝色，稍大了半号，也可能是人比当初瘦了半圈。里面的白衬衫是小翻领，暗暗地烫一层金色纹理，细看才看得出。他的名字好大，发言的时候，名字打在身后大屏幕上，头衔已经有一串。他脖子上挂着和她一样的蓝绳，只是她的卡片上写着：媒体人员。而他的写着：陈年。

会议厅不算大，王麦坐在第二排最外边，想等到发言全结束，再去打招呼。要说些什么，她还没想好。她没有计划。她从在群里看见那张邀请函的时候就没有计划，洗掉那条白裙子的时候没有计划，对周游撒谎的时候也没有计划，直到刚才陈年上台开始发言，她听见他的声音从喉咙里到话筒里再到她耳朵里，激起一层鸡皮疙瘩，她看着他，觉得他好像长高了。从前他当众说话，脸上总有点不好意思，好像对不起谁，现在没有了，现在他能稳稳当当把人逗笑，这样一来她更没有计划了。她坐在台下，心无旁骛地看他，像坐在黑暗里，看一场电影，反正演员不会走下来，走到你身边，问你从哪儿来。

可是陈年就这么干了。

他的稿子讲完了，谢谢各位同仁，谢谢，就从侧面走下台去——他的皮鞋真亮啊——停在第二排边上，沉下腰来，半跪在王麦腿边，挺高兴地笑着，问她："你也来了？"

台上下一段发言已经开始。王麦愣愣地点头，不敢说话。她觉得自己只要一张嘴，就会发出震耳欲聋的巨响。她仍然没有计划，她不敢说话。

陈年好像有。陈年小声说：咱们出去说吧。王麦站起来，哗一声，腿上一摞资料袋子加手机摔了一地。陈年把她扶到外边来，自己蹲下捡齐了，往胳膊底下一夹，说走。王麦踮着脚，悄悄摸摸跟着他往外走。但其实地毯那么软，他们就算跺着脚冲出去，也不会有一点声音。

他们下到酒店大堂的咖啡角，刚坐下，一位套装姑娘盯着他们脖子上的挂绳儿，微笑又警惕地走过来："先生您好，喝点什么，这里消费现结，不能挂在房间账上。"

陈年说知道知道，然后问王麦，你喝什么？

王麦说我不想喝咖啡了。

套装姑娘说我们还有果汁牛奶和茶。

都不想喝，王麦说。

陈年翻着卡单："那我喝一个……"

王麦说你也别喝了，我想回会场去看一眼。

王麦领着陈年，从侧门溜回会议厅，溜到最后一排，靠墙停着两车茶歇，许多份点心饮料，车旁站着两位旗袍姑娘。

两杯咖啡。王麦跟旗袍姑娘小声说。

请问要加糖和奶吗？旗袍姑娘小声说。

王麦的要，陈年不要。

"你端着咖啡。"王麦示意陈年，她自己盛了一盘三色曲奇、一盘火腿蛋卷、一盘小蛋糕——芝士和巧克力，两只手平平地托着，仰着脸，从底边的侧门，小碎步挪出会场，穿过走廊，穿过电梯间，停在一个靠窗的大理石水台上。没人从这里经过。

"坐这儿……你凉不凉？"陈年问她。

王麦说不凉，你摸。陈年一摸，真的不凉，温温的，太阳晒了好久的。他站在明亮处，欠一欠腰，把咖啡放下，他的手腕那么宽，从衬衫袖口里探出来，精白的衬衫，从西装袖口里露出来，紧绷的腰臀，从西装下摆鼓出来，外踝关节，从裤脚底下支出来，一根细细的鞋带松了，从脚面垂下来，耷在地上，王麦看着它，既想蹲下身去为他绑好，又想一脚踩住把他绊倒，可她哪个都不能。

"鞋带开了。"她痛苦地说。

陈年低头看，说这个破鞋带，圆绳，老开。他蹲下去把它系好，这是他今天第二次蹲在她面前了，她看着他乌黑的头发，嫩红的耳朵，想象他头皮的温度，老天啊，她在心里喊，她多怕自己伸出手去。

"你系得不对，"王麦说，"你得那么系，先打一个……我来吧。"

陈年迅速伸出胳膊挡住了她，差点儿打在她脸上。

"不用不用，"他说，"就这样吧。"

"你吃这个吗?"王麦指着蛋糕,她记得陈年爱吃甜。

陈年正拿起咖啡往嘴里送,摇头,两口,喝光了。

我得进去了,他说,下一个发言是我们主任,我得听。

哦。王麦赶紧说,那你快去,快去吧。

她表现得毫不在乎,顺理成章。她想控制体内血流的走向,别脸红,不要脸红,脸你千万不要红。她拣起一块饼干扔进嘴里吃得很香,意思是我拿这么多吃的可都是为了我自己。陈年捏着那个咖啡杯 —— 小得不能再小了 —— 说那这个……

王麦说你放这儿吧,放这儿吧,他们有人收。

陈年走出几步又回来,说你手机号给我留一个吧。

王麦说我没换,还是原来那个。

陈年说那你也给我留一个。

你删了?她问他。

换手机了,你说吧,我再存一遍。陈年说。

王麦报了一遍。从前他是能背下来的,她心想。她又在心里背了一遍他的手机号。她想你怎么能忘呢。

王麦的手机亮起来,是陈年拨过来的。王麦看了一眼,一串数字,他的确换了。

那我先过去,陈年说。

王麦说嗯,你去吧,我在这儿坐一会儿。

酒店不在市中心,窗外是灰白的马路,公交车站和尘土,油绿的一棵棵矮树。太阳光穿过玻璃射进来,让皮肤发痒，沁出一层黏汗，和当时的夏天一样。发生什么了？昨天她还在冬天里，还在干燥的舞着狂风的北京，人人高声大气的北京。现在她哪儿都不在，她在一个难堪的梦里，一个没有位置的时空。她想起自己跟人说，我好久没回上海了——回，上海是你说回就回的吗？傻逼，她骂道。她不知道怎么办，没计划，咖啡喝完了，陈年走了，他指头上有戒指吗，忘了看了，傻逼，脖子上的挂绳坠得她头疼，她把蛋糕和饼干全吃了。

房间里另外一个人始终没来，但她仍然几乎一夜没睡。第二天很早下楼吃了早餐，随后就回房间，爬上床，一动不动。敌不动我不动，她心想。周游打来电话，他在开车，没有想到她兴致很高，像喝了酒，黏着他说话，说话，她听起来又温柔又狡猾，还色眯眯的。周游直叹气，说你睡一会儿吧，我挂了，好吗？

不好，王麦说，你说说你旁边有什么？

车。

那你前面有什么？

车，后面也是车。

王麦开始笑：全是车。

对全是车，你赶紧睡吧。

你车上有人吗？王麦问。

有我。

还有谁？

没有谁。

麦麦呢？

……说什么呢。周游脸上的肌肉绷紧了。

"周游。"王麦叫了他的名字。

"嗯。"他答应着。

"周游。"她又叫。

"听着呢。"

"你不傻。"

"嗯。"周游说。

"我也不傻。"王麦说。

她放心地睡着了，睡在一张上海的床上，一口深井里的大床，井底翻着海浪。周游说错了，有雨。天阴下来了，开始掉雨点儿，不是，是雨线，细细长长的线，要把碎了的世界缝上。上海连雨都安静，窗帘拉起来，就听不到一点儿雨水声。偶尔吹起一点风，水滴打在小阳台的绿叶子上，啪嗒，像秒针一动，动一下就停。王麦睡得很深，停在了时间里，十层楼之下，最后一位嘉宾的发言结束了，会场响起掌声，大门拉开，湿润的雨气飘进鼻孔，主任看见陈年的鞋湿了，说你出去了？陈年说嗯，回学校走了一圈，难得回来。难得难得，主任说，我是今晚的票，你跟我一起回北京？陈年说哎呀，我的票是明天的，是他们给订的。主任说那你留一天吧,交流交流,学习学习。谢谢主任,陈年说。叫他们帮我叫个车送站,主任说,六……七点吧,七点整,我到大堂。陈年说我这就去。他低下头,甩了甩腿,破鞋带,又开了。

1402。

你住哪个房间?陈年在短信里问。

王麦看见了,立刻扔下手机,跑到卫生间洗了脸,匆匆描了淡妆,梳两下头发,打开行李箱,换了衣服——不是那条白裙子,又重新梳了头,才拿起手机回复:1402。

"抽烟吗?"陈年掏出烟和火机。

"不了。"王麦说。

"你干什么来了?"陈年盯着她,问她。

她刚一张嘴,陈年堵住她:"想好再说。"

她只好说:"没想好。"

陈年从鼻子里笑了一声,站起来,似乎决定要走。

"那你干什么来了?"王麦赶紧问。

"我干什么、我开会!我发言来了——我这么问吧,王麦,你想让我在这儿待着还是现在就走?"

"……先在这儿待着。"

"待着干什么呢?"陈年继续问。

"那,你想干什么呢?"

"我问你呢。你想干什么。你知道你想干什么吗?"

"我还没想好呢,你怎么回事儿呢? 你是跟谁生气了吗怎么这么不乐意呢?"王麦看着陈年,有点儿委屈,又有点儿害怕。

"王麦你这个人,真的,"陈年看起来真生气了,"还那样儿。什么都不知道不知道不知道,什么都不知道。"

王麦不说话。

"我觉得你什么都知道,你就是不说。"陈年说。

"我想看看你,"王麦终于说,"变成什么样儿了。"

"就这样儿。"陈年梗着脖子,"看见了吗? 看够了吗?"

王麦眼圈儿都红了。

"你结婚了吗?"陈年问。

没有,我没结婚。

"我结了。"陈年说。

嗯。王麦低下头,行,那你回去吧。

"什么意思。"陈年笑起来,简直狰狞。他四下看看,拉开一只抽屉,变出一个纸杯,搁在桌上,点了根烟:"要是没结呢? 你原本想干什么? 你跟我说说。"

王麦眼泪开始掉了,使劲儿憋着:"我什么也不想干,我没事儿,你走吧行吗,你别说了。"

"我问你王麦,"陈年不看她,目光远近打量着房间,"这个地方你之前来过吗?"

王麦睁开泪汪汪的眼睛,疑惑地看着他。

陈年似笑非笑地。

"想好再说。"陈年说。

就像你正开着车，听着无聊的广播，穿过一条明亮的隧道，你知道它不长，不远就是出口，出口就是刺眼的阳光，然而顷刻之间，隧道变成了一片汪洋，你的车成了木船，你是唯一的船长，颠簸在巨浪滔天的海上。毫无预兆，毫无预兆，你的可怜的破船随时要被掀翻。你会游泳吗？有可能，在人造的湛蓝的泳池里，在计划内的场合和时间。然而眼前这一切太过突然，来不及了，你忘了如何驾船，如何游泳，你僵持在一片来自过去的凶海里，一万根针刺上你的脸，承认吧，来不及了。

她以为他从未察觉，以为那一段时间，他对她心不在焉。对于那一次小小的走神，她不知道如何回忆，更不知道如何辩解——她已经忘了，她记得他们还没毕业，即将毕业，但还在医院里实习，他们或许吵架了？甚至决定分手？她忘了。无论如何，发生了微不足道的意外。她跟着科室里许多医生和同样实习的蠢货们一起来这间酒店开会（为什么她对这酒店毫无印象？），庞大的队伍，团结的队伍，聒噪的手忙脚乱的队伍，她负责所有笔记本电脑的登记、资料安装和回收。第一天晚上，笔记本就丢了一台，会场里没有，前台没有（李华们无动于衷），所有房间里都没有。"没关系，小事情。"她的上级医生说（她连他的名字都想不起来了）。

他们的搜寻线路，最后一站是那个医生的房间，没有奇迹，水落石出，令人绝望，她的脸涨得紫红，因为羞愧和害怕。小事情，他说，才丢了一台，很优秀了，往常这种大会平均要丢上三五台的。她在他把她抱进怀里——兄长般地——的时候笑了出来，随后是难以忍受的安静，呼吸声像旷野中的雷鸣。不是谁的计划，更不是谁的阴谋，她坚信这一点。那样的暖流和冲动，是自发的共谋。而随后的暴风骤雨，是临时起意，也是在劫难逃。

那不是我。王麦在心里想。陈年看着她，恐怖的笑容，不说话。难堪的沉默。她在心里想：那是另一个人。那不是我。

随后，仿佛一声巨响，她突然心惊：他竟然一直都知道，他竟然现在还记得。

"不想说吗？"陈年问。

"不想说就不说了，"陈年说，"我也不在乎。"

他脱下西装外套，妥善地搭在沙发上，边解开衬衫领口的扣子，边向她走过来。

"什么啊。"她的声音里毫无生气，像大雨里淋湿的流浪狗。

"我无所谓，"陈年说，"我不在乎。"他嘴里的热气，喷在她悲哀的脸上。

你要知道，故事一直在变。故事只有一个，只是一直在变,像我们运动时的关节,永远不会定型。然而它会僵化,会衰退,会肿胀无用。等到故事里的人都死光,它会被另外的嘴重新讲述,但你要知道——那就是另外一回事了。

那就是另外一个故事了。

"再讲一个!"陈迟说。

已经过了晚上十点,全世界四岁的小孩都该睡觉了,他仍然不睡,在大床上滚来滚去,蹬着腿,头发已经太长,又细又软,像个小姑娘。

"不讲了。睡觉。"王麦合上那本童话,巨大的硬硬的壳子,尖角扎在她大腿上。

陈年刚刚洗过澡,从卫生间里光着脚走出来,头发还没干透,水珠从鬓角滴下,落在胸前,嘀嗒,秒针振荡。王麦扔来一条毛巾,陈年胡乱在脑顶抓两下,就跳上床,躺在他的小男孩旁边:

"从前啊,有一次,你妈惹我生气了,我就不理她,好长好长好长时间我都不理她,然后有一天她来找我,求我跟她和好。我就骗她说,我结婚了,我跟别的女的结婚了,把她吓傻了都,吓得直哭。"

小娃娃咯咯笑起来:"妈妈!你哭吧。"

我没哭。王麦温柔地说。我根本没哭。

李 楠

A Little Warm Night

"我有个朋友叫李楠。"王麦一边说，一边割了两下她那块牛排。刀很钝，刀刃来来回回地磨盘子，声音尖尖酸酸，往耳朵里钻，像恶童的诅咒。她的肉始终没切开，可能永远切不开了，丝丝缕缕地连着，躺在一摊肉汁上，倔强的亡魂。

"我也认识好几个李楠。"陈年看着她盘里的牛排说。

"噢。"王麦笑一下。她想说：那你赢了，行吧？你赢。

她没说。

这是他们俩第一次约会，也是第一次见面，很费心。每一句对话，每一个动作，察看手机的频率，跟服务员讲话的方式，对视，笑、皱眉或看向别处……好像都意味着什么，让你对眼前这个陌生人不断地下判断，对这个夜晚的性质下判断，对下一个话题的选择、暴露自己的程度、要不要喝酒、怎么付账、几点钟回家喂猫……下判断。到目前为止，他们俩共度的时间（从在餐馆楼下的路口碰头开始算）刚刚超过一百分钟，陈年对王麦的印象是好是坏，还很难讲。他看见她穿一条无袖的连衣裙，灰棕色相间的小格子，裙边在膝盖以上至少五公分，裙摆不大，但也不算包身，方方地盖着，总之布料不多——但那布料又是毛呢的，挺厚，说不清她到底怕冷还是怕热。

一进餐馆，还没坐下，她就脱掉外套，挺直了上身往里走。她走在陈年前面，平底鞋，瘦，肩宽，裸露的胳膊显得很长，垂下来超过裙边。陈年看见她的皮肤苍白，很薄，左边上臂有一块疫苗的注迹。他也有，一模一样的。他们是一代人，同年生，三十六岁。他看见她的手腕上缠着一束红绳，红绳上拴着一只金疙瘩，不大，他没看清到底是什么。那她也穿了红裤衩儿吗？陈年兴趣十足地猜测，跟自己对赌。假如今天一镜到底，赤裸相见，这个问题就会有答案。他忽然笑了，没笑出声，但嘴一咧。怎么了？王麦突然回头问。领路的服务员也一起回头看他，是个好看的小伙子，好像是混血。没事儿啊，陈年说，没事儿。

"是我特好一姐们儿，特好。"桔子信誓旦旦地说。

陈年心说对，特好但就是从来没提过。

"我也不是说非要介绍你们俩、撮合你们俩，我就是……"桔子呵呵笑，"我就觉得你们俩，可能有话聊。什么关系不重要，闲着也是闲着，交个朋友呗。"

"对，"徐天靠在桔子身后，一只手捋着桔子的辫梢儿，捧哏，冲陈年乐，"交个朋友呗。"

"陈年，你不是有猫么？"桔子说。

陈年哼一声："她也有猫呗？"

"她没有，"桔子眨巴着眼睛，"所以你可以给她讲猫。而且她身材挺好，比我瘦。"

陈年没话可说：这都什么跟什么啊。

当然他还是答应了，跟王麦——桔子特好的姐们儿——见一面，交个朋友。说服他的不是别的，是桔子那句：闲着也是闲着。

他闲着的时间不短了，眼看就要满一年。一年是什么概念？春夏秋冬，四个季节，身上的衣服从多变少，从少又变多，无论多还是少，你都每天早上自己穿，晚上自己脱。没有观众，没有同伙，没有下一步的运作。徐天生日那次在酒吧，他搭上一个姑娘，小巧，踮脚头顶够不着他下巴，眼睛细长，嘴唇也细长，像耗子又像猫。哥，哥，她一直叫他，胳膊勾着他，整个人挂在他身上。哥，她喷着热热的酒气，笑：哥，你家有好吃的么？

好吃的……有薯片儿？他想了半天。昨天炖的牛肉还剩一锅汤，能煮面条。或者剩的米饭加俩鸡蛋炒一炒，肉汤煮点儿土豆胡萝卜。但他觉得她说的应该不是这个，因为她大笑起来，笑得瘆人，让你觉得自己错大了，傻透腔儿了。

"真没有？"她用给你最后一次机会的表情问。

真没有。陈年说。

他仍然不知道她指的是什么,但他知道他肯定没有。她跳起来亲了他一口,两根指头夹着一根烟,跑远了去借火。禁止吸烟的牌子挂满了墙,但人人都在抽,牌子都熏黄了。墙那一边的乐队在台上,越来越卖力气,鼓声顺着音箱传导到他心脏,他喘不过气,想回家,想抱猫,想在他安静的明亮的氧气充足的厨房里煮牛肉汤。他忽然意识到了问题的核心:没有人看着你——没有人看着你,你就会忘了看自己。不被看的人还存在吗?不被爱也不被恨的人还活着吗?他感到来不及了,想找人打一架,但环视四周,没挑出毛病来。他把手里都焐热了的瓶儿啤一口喝干净,随便搁在一张黏糊糊的小圆桌上,推开门往外走。门外一男一女,正支着胳膊抽烟,两只烟头一前一后,都燎在陈年胳膊上。俩人还什么都没说,陈年就摆手:没事儿没事儿!还笑了笑。一男一女没有笑,奇怪地看了他两眼,扭过身继续聊。陈年心想,有招儿吗,没有招儿。陈年想我这个人啊,真是太讲理了。

王麦点了牛排,点了炸鱼薯条,还点了香肠拼盘,才合上菜单。陈年还在一页一页地翻,他不知道王麦是点了他们两人的还是自己吃的。可能他翻得太久了,服务员——那个混血男孩儿说,两位的话,点这些差不多了。那再点一个汉堡吧,两份汤,王麦赶紧补充。混血男孩儿看着王麦,扑哧一笑。王麦也冲他笑。王麦说:我饿了。

陈年心想：这是真吃饭来了。

陈年也对王麦笑了笑，趁着笑的时候，仔细看她的脸：没化妆，或者是技艺高超的淡妆。眼睛挺大，但有点儿肿。鼻梁不矮，但鼻头有肉。嘴唇不厚也不薄，毫无特色。笑的时候看见了，没整过牙，不齐。眼角星散着几个斑点。皮肤透明似的，虽然不算白，两腮酿着血丝，额头鬓角闪闪发亮。

"你平时工作忙吗？"王麦问过这一句，就很长时间没再说话，因为菜一盘一盘上来，她的嘴塞满了，来不及咽。混血男孩儿端来一杯水，一杯，没给陈年。于是陈年又把他叫回来，点了杯啤酒。陈年问王麦要不要，王麦鼓着腮帮子，眯眯眼，摇摇头。

那就一杯，陈年说，要凉的。

需要冰块吗？混血男孩儿问。

啤酒要什么冰块儿。陈年说。

"我挺喜欢上班儿。"王麦说。她看起来告一段落了，对待食物不再那么穷凶极恶，手和嘴都空了出来。

"那是因为你们编剧不用上班儿，站着说话不腰疼。不说别的，早高峰就够你受的。"陈年的啤酒已经喝掉大半杯，很快他就会再要一杯。

王麦没说话，眼睛看着陈年背后，十点钟方向，笑得很礼貌。

"你上过班儿吗?"陈年已经仰靠在椅背,肚皮卡在桌沿上。

"我当然上过班儿。"她轻巧地说,语气充满向往和留恋,像是一大段叙述的开头。然而她就停在这儿,不再多说了,好像陈年还不配听,又好像只是不值一提。

事实是,她正在脑海里重演那些日子。两个人的通勤,一起排队进地铁站,上车,她靠在他身上,七站以后,他先下车,换乘一条线;再过两站,她下车,换乘另一条线。晚上下班后,他们也如此游戏,从两列分别的车厢里解放出来,她先走进那列到家的车,一定要在车尾,最后一节。坐上两站,门一开,就会看到他。他挤进来,高高抬着胳膊,挤到她身边才落下来,把她环住。随后他们兴奋地计划,晚上吃什么呢?什么都好吃,脏的,便宜的,用料可疑的,油炸的,凉拌的,捧在手里看不清的,什么都好吃,都能吃,他们像两个刚来到地球的外星人,什么都没吃过似的,吃得大胆,吃得自由,没羞没臊,不计身份。那时候没有一顿饭超过三十块钱,那时候她的衣柜里也没有今天这样一条裙子。

陈年划拉了半天,才放下手机。他其实没什么消息可看,但闲着也是闲着。他对今晚所抱的希望正在渐渐淡去。他觉得王麦其实不能算坏,趁约会大吃一顿也是女性生存智慧值得肯定。让他不高兴的是,王麦对他并不好奇。除了工作，她几乎什么也没问——那她心里到底有没有个标准？

虽然陈年自己也没问她什么，但他是习惯了被动的。我是接话的，不是说话的，他总跟人这样讲。他需要对方先表示兴趣，才能你来我往——你不来，我怎么往呢？

"忙完啦？"王麦见陈年放下手机，笑呵呵地问。

陈年抓抓头发："嗯，没什么事儿。你和桔子，是大学同学吗我听她说？"

"嗯，学姐。"王麦说。

她嘴里说着话，眼睛又在看十点钟，心不在焉地，忽然想起来："我是她学姐。"

陈年回过头，顺着她的眼神看去。高高的红色的木马，在餐厅中央的穹顶下，在一圈小小的灯火围绕之中，缓慢地转着圈。一个小男孩儿坐在马背上，屁股一颠一颠，找不到尽兴的节奏。餐厅里的音乐并不合适，传统的爵士，金黄的流淌的萨克斯，一句句都上了年纪。小男孩身边站着他的妈妈，一只手扶着马头，一只手搭在他腰上。红木马终于转过半圈，来到正面，陈年才看见了那是谁。他还有一口啤酒含在嘴里，可是喉咙忽然封闭了，咽不下去。扶着马头的女人看见了陈年，竟然笑了，朝他点一点头。陈年也点了头，还抬了抬手里的啤酒杯，以示致意。随后他转过身来，感觉到嘴里的啤酒已经热了，混合了不少唾液，黏稠成絮，充满了口腔。他把酒杯放在桌上，低低头，把酒吐进了杯里。

"怎么了?"王麦问。"没事儿吧?那是谁啊?"

陈年干笑两声,搓了搓脸:"没事儿没事儿,我前妻。"

"哈!"王麦好像瞬间清醒,兴奋起来。

"但那孩子不是我前孩子。"陈年补充说。

王麦张着嘴,眼睛亮着望着他,哈哈地笑,仿佛要鼓掌。

前孩子。她笑着重复他。前孩子,哈哈哈。

她忽然趴在桌上,凑近他:"那,你们俩挺多年没见了吧?"

陈年算着:"小十年了。"

王麦兴致盎然:"你结婚挺早啊。"

嗯。他点头,同意:上辈子的事儿了。

"不打个招呼去吗?"王麦怂恿他。

"不打,有什么好打的。"陈年拒绝。

"没话要说吗?"

"没话。有话不就不离了。"

"久别重逢啊这可是,"王麦面露可惜,不放弃,"哪怕问一句最近怎么样呢。"

"跟我有关系吗最近怎么样?跟我没关系。"陈年有点儿不耐烦了。

"你们俩离婚以后见过面吗?"

"没见过。"

"偶遇也没有?"

"就今天。"

"这是头一回?"

"头一回。"

"真不过去?"王麦笑眯眯地看他。

陈年顿了顿,问王麦:"他们几个人来的?你能看见吗?"他一直背对着,不回头。

王麦拿起餐叉,往嘴里放东西,假装不经意,远远地抬眼睛瞟:"他们坐一个大桌……有个老太太……有一二三、三个女的,没有男的。"

陈年看着王麦,王麦看着陈年,等待着欲望的指示,或理性的讽刺。

"噢!"王麦突然说:"仨女的不算老太太,算上老太太就是四个女的。"

行行行,陈年点头。

"去吗?"王麦还在笑,眼里有央求。

"你是不是就想看戏啊?"陈年半真半假地严厉起来,习惯性地从盒里抽出一根烟戳在嘴边,火机还没找到,服务员小伙子已经来到身边:"先生……"

"对不起对不起,忘了忘了。"陈年赶紧收起来,脸竟然红了。

"咱们走吧。"王麦说。

陈年付了账,王麦不争不抢,就看着他。两人一站起来，她小声说："你别回头，听我的。"

陈年看着她，不知道她要干嘛。

"给我穿衣服。"王麦说。

陈年把王麦的外套从她包里往外拽，王麦给按住了，直挤眼睛，用气声："你的，你的衣服。"

陈年把外套脱了，罩在王麦肩膀上。她一伸胳膊，穿了进去，一只手伸出来，牵住了陈年的手。

陈年偏脸看她："用吗？"

"用。"王麦目光坚定。

"人家往这儿看了嘛？"陈年苦笑。

"你别分心。"

王麦和陈年牵着手，穿过餐厅，走廊，一直走向门口。

"我用不用搂着你腰什么的？"陈年问。

王麦不说话，直到出了门，不再被看见了，她说：用。

他把手掌贴在她的腰上，很靠下的位置，感觉到她后倾的力量，像倚在一面墙上。他能感到她皮肤的热度，隔着一层毛呢，传到他的手心。她也感到他手上的热，隔着一层毛呢，送到她的腰上。没人说要回家，他们俩就散起步来，心情变化了——他们曾是同谋，两个逃学成功的小孩儿，或一对面不改色刚刚得手的小偷。

"我确实⋯⋯跟她没话说了，"是陈年先开口，"太长时间了，你都不知道她是谁了。"

"为什么离的婚?"

"你听真话吗?"他挽着她的手,晃两下,看她一眼。

"嗯。"

"我不记得了。"

"嗯。"

"你是不是不信?"

"我信。"王麦说。

"我能记得就是一直吵架,先两个人吵,然后两家人吵,吵的都不是一个事儿,但一吵全想起来了,一笔一笔算,反正最后就一个结果:不过了呗。"

"后悔了吗?"她问他。

嗯。他点头。

"你小时候是不是特别听话的小孩儿?"她问他。

是。他点头。他不想问"你怎么知道的",他觉得女的太擅长知道这种事儿了——微妙的,游离的,曲折矛盾的,藏在心灵之内、语言之外的,就是这些事阻碍了她们,他认为——这些事一不是生产力,二不能当钱花。

"你结过婚吗?"陈年问王麦,他知道没结过。

"桔子没跟你说吗?"

"也没说那么多啊。"

"不信。"王麦从鼻子眼儿里笑。

"嗨这有什么的,结就结了,没结就没结呗。"陈年有点儿不好意思。

"你今天为什么来?"王麦有点儿认真地问。

"跟你一样吧,桔子和徐天,他们俩一直说……"

"不是,"王麦拉住他的手,停下来,"是你今天,为了什么来?"

陈年看着她,心里那句是"闲着也是闲着",但现在说不出口了。

"你想过吗?"她拉着他,继续走,"你还能吗,把另一个人,放进你家里,放进你生活里,放进你心里脑袋里?你还能不轻易讨厌人吗?总想问他点儿什么,想和他一起干点儿什么。你还能觉得某一个人就是和其他人不一样吗?你还需要另一个人吗?你真的希望有人需要你吗?"

没想过,陈年心说,一个也没想过,早知道你想这些,我绝对不来了。

"我觉得吧,你想太多了,"陈年说,"也不是,"——他很快纠正,"是想早了。"

"你结婚之前,想明白了什么是结婚吗?"她看着他问。

他松开拉着她的手。他觉得这个女人真恶毒。

"李楠怎么了?你刚才说。"他假装没什么,说点别的。

噢,对,李楠,她吐了口气,说起李楠的故事。世上有好多个李楠,是不是?有男有女。她认识的这一个,是女李楠,是她小学班上的同学。女李楠聪明,胆大,上课爱举手,很会讲故事——不是书上看来的故事,是她自己编的故事。课间休息时候,同学总是围着她,李楠李楠讲个故事吧,她就讲,张口就来,有小猫小狗打架的故事,有野狼和熊流浪的故事,有国王和另一个国王的故事,有小板凳离家出走变成了一棵树的故事,后来,好像是忽然之间,她不讲故事了,上课也不发言了,后来她连话也不说了,一句都不说,跟谁都不说,你和她说话,你求她讲个故事吧,她看都不看你。后来她妈来了学校,把她接走了。后来她再也不上学了。老师说她有病了,是她爸遗传的病。她爸是自杀的。她爸在铁路局上班,有一天没什么事儿,好好的,就把脑袋伸锅炉里去了。

后来呢?陈年问。

不知道,王麦说,后来就不知道了。她说完这一句,稳稳地站住,伸手握住陈年的胳膊,一弯腰,哇一声吐了。六百九十二块钱,陈年结的账,有红有黄,就吐在刚刚入秋的马路上。陈年伸出另一只手,抓住她脖子上的头发,抓不全,还是左右垂下去两股,零散着沾在她嘴边。她吸了口气,低下腰,又吐出一摊。我包里有水,她跟陈年说。

陈年把水翻出来递给她。纸,她又说。陈年又翻出一包纸,递给她。她抽出两张,把水倒在纸上,擦了嘴,擦了手,擦了头发。好了,她说,吐完就好了。

怎么回事儿?陈年问。是胃炎吗?还是吃的有问题?但我也没事儿啊?

不是,王麦说,吃的没问题,我吃太多了。

送你回家吧。陈年说。他把王麦整个儿地搂在怀里,伸手拦车。

我没事儿，王麦说，你不是开车来的吗？

喝酒了，陈年说，等完事儿再回来拿。

"她男朋友跳楼了。"

桔子没在的时候，徐天悄悄跟陈年说。

因为什么？

不知道。

是遇上什么事儿了吗？

不知道，没听说，本来什么都挺好，大白天，上着班儿，说跳就跳了。

在公司跳的？

嗯，公司楼高。

……死了？

还真没死。就是人全废了，从里到外废了。爸妈来给接回老家了。老家住院便宜。

什么时候的事儿？

上个月？上上个月？俩仨月吧反正。不知道。

那她现在……

我看着倒没事儿，该吃吃该睡睡。

呵，那可能感情也不深。

深不深的……就那么回事儿吧。都一样。徐天说。

到时候你可别跟她提啊，你就装不知道。徐天说。

房间很小，客厅和卧室连通着，墙壁刷成紫色，深浅不均，地板很旧了，一踩一声响。好几条裙子和衣架丢在床角、沙发上，看得出出门前几番轮换。墙角、茶几、沙发边、床头柜上，都有灯，王麦一个个打开，屋里一层层变亮。

我得洗个脸，王麦说着，走进卫生间里。

陈年听见哗哗的水声，于是动手把裙子一件件拣起来，套在衣架上，挂进衣柜里。衣柜里没有男人的衣服，门口也没有男人的鞋。窗台上有一只绿色烟灰碟子，没有烟。冰箱几乎是空的，底下冻着许多冰块儿，有几包速冻饺子。笔记本电脑扔在床上，一大盒巧克力糖也在床上。糖纸，有的躺在地毯上，有的落在床底下。陈年一个个捡起来，扔进垃圾桶——已经满了，他把垃圾袋拿出来，收口、系紧，放在门边，换一只新的，兜进桶里。

王麦从卫生间里走出来，湿漉漉的，没穿鞋，身上只围一条浴巾。她不光洗了脸，她还洗了澡。她的脸红红的，看上去更亮了。

"你洗澡吗？"她问陈年。

陈年没洗。他进了卫生间，洗了手，用水冲了冲脸，就改了主意。王麦靠坐在床头，拉开柜子的抽屉，正在吃什么药片。陈年打断了她，跪在她身上，吻她的肩膀，下巴，手臂，闻她的头发。过了好久，是她伸出手，脱掉他的衣服，他才像个小男孩一样,赤裸的,委屈的,纵身一跃似的,全部投入她。快,再快,她催促他。否则他就要永远眷恋着这光滑,这温热,这血管的汩汩声,否则他就要变成一条蛇,蠕蠕地纠缠到时间尽头。火苗点燃,越烧越旺,水底升起气泡,一串连一串,即将沸腾,他睁开眼睛问她:有吗?那个。

没有。她说。没关系。

他痛苦地想要停下来,被她按住。真的没关系。她说。

他把喷头调高,热水喷射在他脸上、胸前和冰凉的颈背。他忽然睁开眼,从水中走出来,走到卧室门边,看着她:"你怎么吃那么多药?"

她床边抽屉是满的,大大小小的瓶子。

我怀孕了。王麦说。

仅仅迟疑了一秒钟,他便做出惊讶的表情说:"这么快吗?"他的幽默感没有受到影响。

王麦低下头笑了,叹着气,然而是在笑。她抬起眼睛望着他,整晚第一次温柔地,带着一个母亲的爱意。

陈年知道,她很感激这个玩笑。

2020.03.17

冬之花

Arch

1

你如果非要来,那就来吧。

王麦在短信里说。

但我可接不了你。她补上一句。

桔子回得很快:用不着。

王麦笑了一下。她看见桔子撇着嘴,嘲笑她事到如今仍然自不量力异想天开,或是嘲笑她竟在自己面前虚情假意惺惺作态。她看见桔子的骄傲和情谊,令她自己也终于能笑。在笑的力量鼓舞下,她翻了个身,她翻了个身仍是躺着,两只手拉着被子盖到鼻子底下。她继续躺着。她已经躺了过去不知多少个夜晚和白天,许东东的味道已经散尽。

像是被某种法律规定了,有些事她和桔子必须共同经历,不能单独行动。比如第一次正式地喝酒(两人分饮一罐雪花纯生),第一次烫头发(要烫得像没烫一样,守住校规),第一次约见网友,和购置约见网友所需的大人衣服。

还比如，当王麦她妈告诉王麦：我跟你爸离了——王麦什么也没说，等她妈一离开房间，王麦就拿起电话，告诉桔子：我爸我妈离了。她的语调是在想象里练习过的，带着适当的伤感、凝重、没什么大不了的遗憾，和几分极力掩藏但掩藏失败的激动与炫耀。

桔子说"啊"，字拖得很长，随后配以断崖般的沉默，来表达她的惊讶、关切和不知所措，同时表明她很知道这事件有多重大，它为王麦赢得了主角的资格。

桔子问了些问题，是她所能想到的最为冷静成熟的信息，比如会不会搬家，会不会转学，如果转学可就麻烦了，她们已经六年级了，就快考初中。"转折点""分流"，她开始说起班主任挂在嘴边那些令人心烦的词儿，那些大人们天天惦记的事。她没问王麦以后跟谁过，因为不用说，肯定是她妈，她爸本来就不回家。

"不知道。"王麦叹着气说不知道，或是不耐烦地说我不想说了。她在琢磨着该在什么时候开始哭，桔子也在想同样的事。她觉得自己应该比王麦先哭，但也不能早太多。不过如果只是电话里哽咽的嗓音，那也远远不够，远远不够回报王麦，不够回应这份殊于常人的友情。

"我过去找你吧。"

"嗯。"王麦抽泣着，哀痛又坚强地点了点头。

桔子一来就掀了被子。

"死啦？"

"等死。"王麦把被头拽回去，搂在怀里。

"班儿不上啦？"

"不上了。"

"钱呢？"

"有钱。"

"有屁钱！"

隔壁有人穿着拖鞋走出来，啪嗒啪嗒，走进卫生间，响起水柱垂落声，男人的响亮的撒尿声，停了一停，又响起，渐弱下去，接着拉链声、冲水声，还是拖鞋，啪嗒啪嗒，嘭，关上屋门。

"几家，一共？"桔子问。

"三家，"王麦说，"不是，四家，客厅也住人。"

王麦租的这一间是三居中的书房，有书柜、写字桌、衣柜和床，各占一角，就填满了。白墙被挡住，地板是阴沉的红色。桔子坐在床边，拈起真丝衬衫的领口上下扇。她坐了六个小时火车，从火车站再穿过大半个北京才到这。她穿得不像过冬的样子，小皮鞋、短大衣，一路上冻得发僵。然而屋里空调开得太足，小房间裏住了烘烘热气，没一会儿她就出汗了。

"房租多久一交？"

"三个月。"

许东东搬走之前交过了。这个名字又出现了。许东东。

另一些部分也一起出现，他宽阔的背，有劲儿的长长的手，深色的出汗的光滑的皮肤，梨形的小腿肌腱，他能一口咬掉半个苹果，他用一只手就能锁住她两条胳膊的游戏，他的又小又硬的耳朵，高高的头，他老在唱的那个歌，怪声怪气的粤语，"我有语言天赋"，他对她说话，像幼儿园里的篮球课教练，弯下腰来。

他肯定早想好了。桔子严肃地下了结论。

为什么呢。

"为什么？你看看时间，这时候提分手，正卡在春节前，分了手马上回家过年，想和好也来不及了。等年后回来，那股劲儿就都过去了，散了也就散了。"

王麦不相信。许东东的心思从不在这种事上细密。

是有一些她没花心思去细想的事。比如她和许东东逛过一次家具城，在发现了一支漂亮的水龙头之后莫名吵起架来。浅金色，弧线硬朗，又未来又复古的工业气息。水龙头的样子她记得很清楚，许东东突如其来的烦躁她也记得很清楚。"咱们家以后就……"她说了这样的话，喜气洋洋。三千九百元，一支。她并没有真的要买，吵架的主题也并不是钱。

她总觉得一切都会凭空而来，好看的东西，房子，漂亮孩子，不变的爱人。她觉得什么都不难。这让他心怀积怨。他想如果这逻辑前面几条是荒唐的，后面的应该也是。

"他没说为什么吗？"桔子问。

"没说。"

"你也没问?(你不可能没问。)"

"他说不知道。他没怎么说话。"

分手的过程很短暂。关于分手的话题在他们之间并不少见,只不过这一次是许东东提的。王麦采用了消极、轻快还带着点调侃的态度应对,他很快就收拾好了自己的东西,打了包,不再坐下,她没法思考,不知道怎么还能哄骗他停一停、和她一起思考。"我不想再说了",这话在几分钟里他已经说了好几遍。他的眼神坚定利落,还有些已经熄灭的仇恨。是这眼神让王麦感到恐惧,不敢再接近。

徐天呢?王麦问。

学校呢。桔子的回答是个问句——不然呢?显而易见,徐天是她的生活里稳定得乏味的一部分,没资格出现在两个女人的对话中。徐天比桔子大九岁,是留校的博士生。他们已经交往了四年多,从桔子大二那年开始,一直到现在。他曾经成为过令人激动的聊天话题,在他和桔子关系的最初,在一切仿佛是个骗局、他的形象神秘莫测的时候,桔子和王麦曾经彻夜谈论、估算他,依照想象塑造他,直到她们其中一个手机没电或者没钱——直到时间揭示了真相:没有什么骗局,徐天永远不会骗你。你可以说他忠厚,也可以说他愚钝。他身上唯一诱人之处是不够听话,许多时候他明知冒着惹恼甚至失去桔子的危险,也不愿屈服松口、任她摆布。

这一点让桔子感到惊讶,她不得不对他更加尊重,后来发展成一种趣味或挑逗。不过关于这些看法的变化,徐天自己是一点儿也不知道的。

"别哭啦,换衣服。"桔子决定带上王麦出门去。王麦刚一下床,就感到小腿和上臂一阵发麻,眼前泛起清凉的绿色,舌尖尝到苦味。她闭上眼睛,软乎乎地坐在地上。低血糖,她说。桔子马上行动起来,她包里有巧克力和薄荷糖,她没急着去扶王麦,她总能在紧急状况下分出优先级。

"几天没吃饭?"桔子问。

不知道,王麦嘴里含着巧克力,想说出这几个字,但没能。她只是从鼻腔里喷了口气出来,像一匹小马最后的叹息。桔子捶了她一下,埋怨地笑。

2

她透过满眼的泪光第一次见到陈年。

陈年和刘莉,周远和杨茉茉,两对夫妻,都是徐天的大学同学。

"周远是富二代,"出门前桔子就对王麦交代,"巨有钱。"

至于杨茉茉,"挺黑挺胖""挺厉害"。

陈年和刘莉离过婚,又复婚了,陈年没什么钱。

他们四个都生活在北京，毕业十年的时候回学校去，见过徐天和桔子——他们叫她何桔。何桔向他们介绍王麦："我小学同学"。

他们走进酒店房间的时候，王麦的眼泪还没来得及停住。"刚失恋。"何桔抱歉地补充道。

"发小儿。"陈年笑吟吟地跟王麦握了手，力度和停留的时间都带有安慰的意味。王麦立刻不哭了，她向来以为只有存在利益关系的人才会握手。也只有陈年一个人跟王麦握了手。

"还行吗？"杨茉茉问桔子，眼睛上下打量着房间。酒店是她订的，行政套房，以他们夫妻的名义，给大学同学徐天的女友何桔。何桔说太行了，太大了，会客厅里还能打麻将——床也够大。杨茉茉说对，特意要了大床，你同学也能住。

她的话里有针对王麦的好意，语气又似乎是不屑，王麦不知道该不该说谢谢。陈年给周远递了根烟，然后问桔子这次来住几天，桔子说看情况吧，笑着看看王麦，意思是她就是情况。

"嗨，没事儿。"陈年了然于胸地说，他的胳膊搂在刘莉肩上，自然地紧了紧。他们离过婚，王麦在心里想，不由自主地追踪刘莉的表情，可她一直不说话，她惊人地瘦、白，像一张纸片。她的眼神积极、熟练，把握着多于当下的线索，是一种时刻在操心，又绝不曾心碎的姿态。

周远也不大说话。他很快熄灭了陈年给他的烟，又拿出自己的，重新抽起来。他的状态舒适、自如，对什么都挺有把握。他不好奇，没有好奇的需求，也可能是不再发生让他好奇的事物。他说话的样子、不紧不慢的动作，让人觉得他什么都经历过。可他还那么年轻。

"我们平时也见不着"，周远忽然对王麦说，他指的是他们四个，"要不是她来"，他指了指桔子。

"你多忙啊。"陈年说。

"谁忙，"周远神秘地笑了一下，指着刘莉——仍然对着王麦说，"她最忙。"

没人问为什么，也没有人笑，就在王麦开始觉得这种空白难以忍受的时候，桔子说："徐天也忙。"

王麦松了口气，她知道桔子和她一样，什么也不知道。

"走吧吃饭去吧。"陈年说。

周远开了一辆七座来，大家可以一车去，陈年的车先留在酒店。饭馆也是杨茉茉订的，淮扬菜。上车前周远问陈年，你开不开？陈年说开。于是陈年来开。王麦猜想这该是辆很好的车。陈年问起周远另一辆车开着怎么样，随后又问起另外几辆，听上去周远拥有许许多多的车。

车里很热，路面很空旷。就快过年了，这个城市里的人一层一层消失。

走的都是外地人，杨茉茉说，仿佛她不是。

"吃完就走！"陈年攥着方向盘，欢快地说。王麦扑哧一笑。

没有人接着笑。杨茉茉坐在副驾上，偏过头来，看了刘莉一眼。

啥意思？桔子问。她其实已经想到了。她只是想把那道缝隙填平，别让其他人不愉快。

陈年不说话。他用够长的沉默来表示他决不会回答了。于是王麦说，外甥，外甥是狗。

噢呵呵。桔子一个人笑了笑。

"都他妈滚蛋了。"周远坐在车尾说。他的语气轻柔、婉转，根本不像是说脏话，而像是在念一句诗。

"滚蛋。"王麦小声重复。许东东已经回家去过年了。许东东已经滚蛋了。

"滚字儿不发音，"陈年说，"你说滚蛋的时候，得把滚吞进去。"

不是完全不说了，他解释道，你心里还得有，只是嘴上不说了——吞进去。

"——蛋！"他大声说，示范似的。

"你教孩子点儿好儿。"杨茉茉推了他一把。

走长安街，陈年决定，走长安街，为了让远道而来的桔子看看冬天的天安门。天安门远远出现的时候，王麦又哭了。几年之后她对人说起过这个时刻，是在一次剧本策划会上，为了论证人物心理中过分复杂的部分，难以被影像清晰表达的部分。她在讲述的时候语气平常，情感疏离："大学刚毕业嘛，就失恋了"，她会在这里笑一下，意思是没什么稀奇，你们都明白的。她二十三岁，在路过天安门的时候哭了，是因为想起了她和许东东恋爱的起因——他作为班里的支部书记，常常找她聊一聊生活和学习。事后他说他只是在考虑"发展"她，恋爱并不是他的计划。但不管怎样他们在一起了，而现在他不要她了。他一走，每一桩往事就都蒙上浪漫的颜色。现在她忘了，有多少次她真心实意地打算离开他，多少次她厌弃他，处心积虑激怒他。现在那都不重要了。现在没有他了。她巴在车窗边上，望着越来越远的主席像，像望着一个贴心的见证人，一口一口咽着眼泪哭。

她在会上讲述的时候，一直浅浅笑着。她所讲的一半是装饰过的实情，一半仍然是秘密。她隐去了这个场景里的陈年。陈年从镜子里看她，脸上古怪地笑笑，拿起手机，点几下，随后车里响起音乐声，一把电吉他，几声鼓，一个男人的哼鸣。陈年等着，从镜子里，遥遥地，笃定地等着。她没让他失望，她笑出了声。

I know how you feel inside I've,
I've been there before
something's changing inside you,
and don't you know
……

"Don't you cry tonight! There's a heaven above you baby!"陈年和周远一起喊着唱出来,甩着头。

"Don't you cry tonight!"这些是她不能讲的,或是需要再过些年才能去讲的。那是她多么喜爱的一刻。众目睽睽之下私密默契的一刻。她在那一刻终于感到饥饿,感到欲望,感到和这个城市息息相关,感到自己的身体和尘土飞扬的马路、急躁的司机、慵懒的汽车和每条地铁上的每个乘客,每场电影、话剧、音乐会的每个观众,每张广告牌上的每一双眼睛息息相关。她又能感到那些危险的、欢腾的迹象在她的小腹里激起的层层振荡,这振荡迫使她深深呼吸,迫使她睁大双眼,像海潮拍岸,叶片张展,都来自一股遥远的力量——她没法召唤,也没法反抗。

3

刘莉自杀过几次。陈年不大记得住了。就像他去过几个女人怀里,也不大记得住了。

这些事第一次发生时,他们以为是致命的,于是离了婚。可是一分开,一切就迅速好起来,让人以为自己又能行了。是她先回来找他,眼神亮晶晶的,甜甜蜜蜜地笑,他以为她好了,不在乎了,没事儿了。他替她高兴,也替自己高兴——有第二次机会,他想当个好人。

然而事情并不像他们以为的那样，或是他自己以为的那样——他可能上当了，陈年想，刘莉骗了他。她越来越频繁地想要死在他面前，看他面露恐惧，就会心满意足，并且第二天就能神清气爽地上班，妆也化得挺好。但在死亡这件事上，她绝非虚张声势，她吞药，割腕，爬上楼顶，像一片小小的纸屑。只是她必须要死在陈年面前，这一点常常耽误了计划的成功。有一次她悄悄躺在陈年的车底下，他在上车前看见了她的鞋尖。

"什么感觉？"他怀里的姑娘会问。

有点儿像面试，他说，第一次你很害怕，因为毫无经验，之后就熟练了，知道该怎么办了。

他不试图掩饰冷漠，也不担心这种冷漠会把她们吓跑。她们的确都会离开他，并不是因为他冷漠，而是发现他不担心她们发现他冷漠。这一点他也知道。

他的女儿总在梦里自杀，两岁的，六岁的，十三岁半的，比他自己年纪还大的——全要在他面前死，笑吟吟地。而每次醒后许久，他才能明白自己没有女儿（也不曾险些有过）。他在梦醒时分心存感激。他谁也救不了。谁也不原谅他。

4

菜还没上齐的时候，刘莉走过来，把桔子叫了出去。她们站在门口说了几句话,刘莉回来了,而桔子没有,她站在包间门口看着王麦,眼里露出愧疚和为难。许多年以后,她们再次回忆起来这一段的时候,桔子的语气是义愤填膺的:"'你能让她走吗。'她一上来就是这么说的,'你那个同学,你能让她走吗。'我当时都懵了,我问她为什么,她说因为陈年就喜欢她那样儿的。"

不过当时桔子的态度是另一种。她的确有点儿难堪,但似乎也同意刘莉,同意这难堪是王麦带来的。她对王麦说要不你先走吧,先回酒店等我,语调不是疑问句,说明这是她自主得出的决定。她没有反驳刘莉,认为王麦不该走,也没有提出和王麦一起走,她认为该走的就是王麦。

行吧,那我先走,现在就走吗?好。现在就走。王麦很容易就同意了,没表现出不高兴。她似乎也并没感到不高兴。刘莉的提议奇怪地填补了某种空白,修复了一些此前的耻辱——被否定、被抛弃、被一种冷漠的眼光长期观察后认为不够格被爱的耻辱。分手的过程像一串来自许东东的辱骂,而刘莉像是在帮她骂回去。

她去赴了另一个约,去一间酒吧看演出,有几个朋友已经先到。那还是室内可以吸烟的年代,你可以一边观看乐队现场,一边坐在桌前喝酒,耳语仍然代表着教养和暧昧。朋友们见到王麦来,显得很高兴,不过他们基本上总是很高兴。王麦难于投入,心不在焉,有半个她在等待着某个召唤，而另一半则对此毫不知情。

又吵起来了，陈年走了——桔子的短信说。可第二天她又说，并没有吵，陈年只是站起来就走了。一开始没人注意，除了桔子，因为陈年经过时，问了她王麦在哪儿。她如实说了。

王麦的心怦怦跳起来，乐队开始走调。她不知道那一边发生了什么，可是知道这一边有些什么即将发生。她坐不住了，就站到门外去，门外是黑的，静的，有一张破得开花的旧沙发，一摊烟屁股，和几笔泥雪的余迹。没有风，她冷，但不疼，像泡在薄荷海里的清凉，直到她分明地看见了陈年。你会开车吧？他走到她面前问，那样子好像他的出现无比正常，好像他们说好了她就该在这儿等他。

王麦说她不会。

那怎么办？他总算笑了。我不能再开了，我喝酒了。他说。我以为找着你就到头儿了。他呼出的气息带着酒味和封存的酸味，说明他已经好久没开口说话。跑挺远啊你。他说。

王麦也开始笑。她冷，牙齿格格地响。他拉上她的手，朝车的方向走，十根指头咬在一起。她是冰块一样的，而他是热的骨和肉。

"你没事儿吧。"一上车他就问，轻松而关切地。

王麦不知道他指的是什么，是什么东西使她有事儿，是许东东、刘莉、桔子，还是他自己。她就说嗯，再笑着摇摇头。她发现忽然之间，嫁给许东东的想法——曾经那么笃定无疑的——开始显得可笑了。并不是谁配不上谁，而是他们两个，突然间变得不同，不是他就是她变了，在陈年的眼睛里。她意识到，她在用陈年的眼睛向外看。

"你觉得我呢？"他又问她。他没打算发动这辆车，他喝了酒了，王麦这会儿意识到，他们哪儿也去不了，只能坐在车里说话。

"还可以。"她觉得他问的是自己喝多了没有。

"你知道吗"，他吸了口气，转过身来看着她，她以为他接下来要说起刘莉，说起桔子，或是讲讲这个晚上，王麦离开之后的情形，可他没有，那些都不是他要说的。

"人是会死的。"他说。

"我知道。"

"你是会死的。"他强调。

"我知道。"

"不不不你不知道，你看着我，"他把她扭过来，盯住了她，"你是会死的。"

她点头。

"跟我说——我是会死的。"

"我是会死的。"

"我是会死的。"他重复。

"我是会死的。"

"你现在感觉到了吗？"

"有可能。"

陈年松开她："你过一会儿就忘了。"

于是他们沉默了一会儿，陈年轻轻地从沉默中笑出声来，她问他笑什么，他说：危险。

他说：你没感觉到吗？

他的手放在她头上，手指头深深插进长发里，向下轻轻梳。忽然他手里抓住了一把，向外揪着，王麦顺着一股力量仰起头，对上他的眼睛。一声低音鼓。太近了，她闻到他的味道，像泛酸的纸张散发的香气。她想起大学时图书馆里的古籍区，那里的书架更高，相邻更紧密，过道没打算容下两个人或一个胖子。那里的气味也不一样，像是固体的、粉末状的，冲进你的鼻孔，填塞大脑；像是那些竖排的、难以理解的精密笔画游走下来，捕捉到她的软弱、好奇和惯于屈从。她总是一个人徜徉其中，大张着眼睛，情欲勃发。

而现在她大张的眼睛撞上了陈年，委屈突如其来，她流出眼泪，说："你别招我。"

"不会的。"他说。他忽略掉她眼下的恐慌，他的话解决的是另外的、远在未来的忧惧，那些她还未曾注意的。他的脸离她越来越近。

"好吧"，或者"不行"。她在心里微弱地衡量着，排演着。天已经黑了，她有点困了。她忘了这许多天来她几乎一动不动地躺着，吃得很少，哭得很多。这是她第一天出走，体能和意志只够用上几个小时而已。她已经累了，如果拒绝，她一定没法表现得很好。但顺从就不一样了，顺从很容易。

我同意。她在心里说。不是对陈年说的，不是，是对某个高高在上的意愿，或一个暗中的手势。她想要服从，她决定服从。

"我抽烟了。"她说。

"我也抽了。"他向她伏下身体，连接嘴唇，像猎豹栖在草原，像野猫攀上树干。

5

桔子和徐天的家是雪白的，又白又光亮，像个宫殿。他们在婚后第五年换了大房子，刚刚装修好，王麦第一次来。她们都到了三十岁，王麦已经过完生日，桔子还没有。她们当然还是彼此最好的朋友，只是不再常常见面。王麦仍然一个人在北京，而桔子已经在家乡怀孕六个半月。她的肚皮惊人地高耸，四肢和头脑却更能干了。她的气质变了，像个掌管生存之道的领袖，解决问题的高手。她的孩子还没出生，她已经成为所有人的母亲，驾轻就熟，仿佛生来如此。她向王麦介绍那一套得来不易的厨具，讲述了一段惊心动魄的订制与安装过程。随后她原谅王麦对这些成就的无动于衷甚至不以为然,是因为她离这一切还太远。在长久人生的计划里,它们无疑更有价值,它们会坏掉,会生锈,会暂停功能,让人获得抱怨的资格和修理的义务,让人有机会克服困难,然后生活继续。这些更为复杂的功能,王麦目前还用不上。

"你还记得许东东吗?"桔子说。

她们都明白她其中的意思——还记得某个人吗,那个她们共同知道的人。这类问句像是某种古老神秘的仪式,能够马上剥离掉她们身上斑驳的时间,召唤出柔软、亲昵和坦诚。

王麦自然很记得。她脑袋里的许东东仍然鲜活清楚,倒是眼前这一切模糊得多,像假的,像一场平淡生疏的梦,你说服不了自己投入其中,也根本没兴趣在醒后记住。

她是在分手后的几年里,才渐渐看清那段关系的含义。某一天她走在街头,没来由地意识到,十分可能——曾经许东东眼里的这座城市和她的并不一样,大不一样,从不一样。她感到一种全新的恐惧,是逝去之物带来的。

除此之外,她还记得他的爱。他爱她的眼神,即便是在最热烈、最动情的时候,也附带着鼓励:再努力一点,再令人印象深刻一点,好让我义无反顾。他的表白也进退错落,让她疑虑重重,然而他自己从不觉得——她已经是他爱得最多的人了。他们有过成百上千次亲密时刻，他仍然能够每次都伤到她——使劲儿压住了她的头发，膝盖顶住了她的肚子，或是胳膊肘突然冲向她的锁骨。他爱她，也爱护她，可他不懂得如何利用一个女人，也不懂如何表达他的感激之情。无知让他显得脆弱，令她感到心疼，无知也让他自大自负，让她感到讨厌。

需要再过些年她才会发现，这样的男孩是大多数，并且也许一生如此。他们的自我更为理所应当，需要做出改变的是他人和外部世界。探究某些事物的原由——那些微妙的、矛盾的、不能被两三句话就描述清楚的事物的原由——是没必要并且愚不可及的，这类兴趣被他们归纳为女性的缺陷。同样还需要再过一些年，当她不再时刻惦记着自己是女人的时候，她才会知道，出走不光是走到男人中去。现在她还没有，现在她只是意识到，会有那么一天，男人的眼神会空洞地从你身上掠过，仿佛什么也没看见。现在她恐惧那一天。

她不知道现在的桔子怎么想，如今的"徐天"的含义是否和她们大学时秘密讨论的一样，男人、丈夫的含义是否和她们童年时所认定的一样。她们曾经是共生的，渐渐分成两株，桔子要比她更勇敢，更健壮。王麦有时候觉得，她们两个只被分配了一份勇敢，全被桔子拿走了。

在她们曾经幼小的意识里，未来是由她们自己决定的，而不是由她们的父母，或者更根本一点：钱。并不是她们的生活缺乏痛苦或不够危险,只是那些痛苦和险境太过普遍、太平均了。人人如此,像童话故事里一笔带过的百姓。那么公主是谁?灰姑娘是谁?敌人是谁?王子和英雄又是谁?女孩儿们敏锐地发现,主角与百姓的最大区别不是血统,而是爱情。主角的人生里才有爱情。这是距离她们当时的人生最近的、唯一的特权。当你一步步描画未来时,你是在选择一种献身的途径,男孩儿们面临着正义或邪恶,女孩儿们面临着爱情或哺育——哪一样离开男人都不行。于是女孩儿们练就了成为好猎物的本领:警觉、耐心和若无其事,练就了对猎手的怜惜。

"你还不知道是为什么吗?"桔子既得意又惊讶地看着王麦,"还"字拉得很长。

"因为单亲呗。"桔子说。

已经过去七年了,她可以放心说出那个词了。她说的是许东东跟王麦分手的理由,因为王麦的父母离了婚,因为王麦是个单亲孩子。

"真的吗?"王麦一时难以相信,眼神专注地追着桔子,那种缺乏经验的、小孩子似的、混杂了迷惘和惊奇的专注。

"他爸妈,你想想。"桔子扼要地给了解释。

许东东的爸妈没和王麦见过面,只有在节假日时,他们在电话里聊过几句。"我们家是个很普通的家庭",有一次他妈妈对王麦说,没有下半句,因为她拖了半天没能说下去,许东东在旁边开始了另外的话题。这半句话在今天才被王麦想起,下半句是什么呢?我们是普通的家庭,所以什么呢?

"可能是吧。"王麦承认了。虽然她难以接受自己失去或拥有爱情竟是因为别人,因为另一个男人和女人,一个发生在遥远的过去、早已注定的事实,这种因果关系有一种令她难堪的复杂,但她不该再在乎这些了,她已经从中走了出去,她有不错的工作,稳定地挣钱,搬进挺好的房子,独居,建立合作关系,交到朋友,打破合作关系,选用新面孔,购物消费,纳税。她常常在夜里回家的车上看着这城市,感受到自己在其中占有的重量。她所建造的生活,所有这些,陈年都不曾参与其中,然而他却是这一切的基石,是所有流动着的虚线之中唯一一条硬朗的实线。他的存在是从不被提及的,可如果没了他,她就会不知道该怎么办。

关于陈年的部分,王麦有时觉得桔子毫不知情,有时又不敢肯定。她们常常对尚未发生的事情讨论得太多,对已经发生的却避而不谈。这种默契同样有着交流的效果——那些她们不说的,和说了的一样清楚。

表面上,桔子唯一感兴趣的似乎只是王麦的编剧工作,不过——虚构一种生活,她觉得这是一个下午就能干完的事儿。很多时候也没错。

可这虚构的生活也需要重重检验,要经过王麦的老板、王麦的老板的丈夫、老板的员工、投资方、另一家投资方、投资方的故乡、投资方的儿子和情人、演员、导演和死去的导演和他们永生的上帝。

某种程度上,她笔下的人物是按照别人的要求塑造的,她接手时已经是半成品。兴致好的时候,她会暗暗地在这个或那个人物身上掺进一点难以言说的东西,像在布娃娃脸上涂上一点泥。这些特质有时会被挑出来,"什么意思?删了删了"。有时也能混过去。陈年说她应该写写小说,只有他一个人这么说过。他觉得写小说对王麦自己有好处,而不是对其他人、任何可能的读者或是一个需要被推动、改变的世界,他只是觉得这么做对她有好处,就像运动、按时吃饭和充足的睡眠对她有好处一样。

她不能对桔子说,她喜欢从背后抱住陈年,轻轻地,把额头贴在他的两片肩胛骨中间,这样的姿势能够容许她全心全意、坦然地爱他。可是他总会转过身来,扶住她的肩膀,或者两只手包住她的耳朵或是脸颊,目光专注地看着她。那种目光是她难以承受的,让她感到软弱、生涩、有缺陷,然后不得不闭上眼睛——如果接下来他不吻她,她就会非常想哭。

虽然这种情况尚未发生。他总是会吻她。

她也试过跟别人说话,不是那种为了被快点忘掉、只需要填充当下一点点时间、配合脸上的热情的无聊话,是真正的说话,她试过。但不管跟谁,都不能像跟陈年说话那样好。她开始觉得悲观,无计可施。对她来说,陈年恰到好处地认真,恰到好处地热烈,恰到好处地残忍,恰到好处地疏离，恰到好处地温存。

麻烦的不是温存或残忍，麻烦的是恰到好处。

"走一段吧。"

一开始就是这么说的，陈年说的。可是，多久的一段？怎样算到了下一段？现在呢，现在还在这一段吗？

豁达的计划里，总有豁达到不了之处。

现在她已经深信不疑——你一定总在经历着当下无法定义之事，你应该永远对生存怀有疑问但只能等待，等待下去——这就是成长的要义。如果一个人总是清楚自己在干什么，那他就是个失败者。

他们从没提过离婚、结婚这样的事，只有一次她问他：你爱她吗？

你爱我吗？他问她。

她没话可说。她知道他在说什么——她真希望她不知道，那样她就能说点什么，那样他们心里真正的问题就都有答案。然而她知道。她真希望她不知道。

有过一次小小的崩溃，她外出办事，迷路在一座荒凉的园区里，夏天，很热，她不时摘下墨镜，抓住迎面而来的人问路，可惜没有一个人知道，都是第一次来的样子。也许她表现得太焦躁，他们看她的眼神都带着怪异的迷茫。直到她在一个不起眼的路口，看到一块竖在木板上的地图，虽然已经严重褪色，比例也有点可疑，但在东南位置上，有一个小小的红色圆点，旁边写着：你在这里。

你在这里。

她先是脸色难看地笑了笑,然后肆无忌惮地哭了起来。

"当时那几天,我第一次去北京看你那几天,你一直哭。"桔子仍然在厨房忙来忙去,她把几种水果去皮,削成大块,有芒果、蜜瓜、草莓和香蕉,堆进一只大碗,再浇上酸奶。好在厨房很开放,隔着宽广的大理石餐台,王麦在沙发上听得见她说的话。

"我没哭,"王麦抓起几个玩具玩了玩,"我没一直哭。"

"还低血糖,你忘了?眼睛也肿,脸也肿。"桔子用一块抹布擦擦这里,再用另一块抹布擦擦那里,然后抹布也要洗好,挂起来。

那天晚上,陈年把王麦送回了桔子住的酒店,已经很晚,桔子看上去睡着了。王麦在镜子里看见自己肿胀的嘴唇,因为长久的亲吻,牙龈还出了点血。

"对了,徐天那几个同学,有一对儿离过婚,又复婚了的,你还记得吗?"桔子问。

"我记得有这么个人,叫什么来着?"

"陈年,他媳妇儿叫刘莉。"

"对。"

"我们以为他找你去了。"

"没有。"王麦说。

"就那天晚上,"桔子接着说,"刘莉来跟我说,让你先走的那次。"

没有,她应该这时才说。

"没有,"她重复着,"没来找我。"

"唉,"桔子发出嫌弃声,"芒果不甜,也不酸,太生。"

"还得再放放。"

"放了一礼拜了,吃草莓吧,草莓好。"

"你说他们俩,怎么了,陈年怎么了?"

"噢他,他没怎么,"桔子笑了笑,"他媳妇儿也怀孕了。"

挺不容易的,刘莉,桔子很感慨地继续说,她一直看病,吃药,精神科的药,因为严重的焦虑症,发作起来会有濒死感,"就是感觉自己就要死了,你能体会吧?"

"能。"王麦挺重地点头。她其实不能。如果你不知道死的感觉,怎么能体会到濒死。她不能。但她不得不撒谎,以防被桔子认为她与刘莉为敌。她永远不会忘了刘莉对她的先入为主的提防和判断,仿佛一眼就看穿了她是如何的意志薄弱、贪图色彩和缺乏公义之心。

"其实早就想要,"桔子还在说,"但还是因为刘莉得吃药,怕对孩子不好。这次好像是意外,但也决定留下了,早期孕检结果都挺好,没发现问题。"

"多久了?"

"孕期啊?五六个月了吧。"

和那个冬天无关,王麦觉得。如果那时没有对方,陈年和她可能都会死——相比于现在是提前了，不过相应的复活也不会更迟。现在她知道了，桥正是美妙的诡计，惑住双腿，推迟跟土地的约定。她也明白了，这样的连接，这样的满足，黑暗中的火，全都和她曾经以为的爱情没有一点关系。更重要的是，它们和永恒、坚固，和那些被标榜的好品质都没有关系。一个新的孩子又要出生了，两个，王麦从冰箱里拿出酸奶，直接放到嘴边喝起来，陈年的沉稳和无谓让她感到钦佩，她没觉察到一点变化，一点都没有。五六个月？不，比那要更久。"不会影响到你"，她想象陈年这样说，并且不是假话，如果你真的信任他，他就真的会做到。

"我先走了！"她向卫生间里的桔子喊道。她急切地想要逃开的，只有这个大得可怕的厨房——还有这样的冬天的下午，也是她不喜欢的，太阳已经偏斜，日光就快散尽，屋子里吞人似的暗下去。她知道只要一开灯，天就真的黑了。她还知道只要离开陈年，她就会立刻变老。

她没能再看桔子一眼就走了，在冬天的故乡的街边，匆匆又恍惚地向着那喧嚣走进去，像一小股冷水流进热河。

十三封情书

Letters for Love

1

陈年：

先祝你好，祝刘水好。

你知道我因为能力有限，不喝烈酒，最近不同了，开始喝起来，比如现在。

现在，生命成了紧俏之物——不是口罩。生命，你的我的他的，仿佛死神的手指随时一勾，就买走了。我们正是货品，没有还价的余地，也无路可赎回。多久不见你，我当然担心你的健康，担心你有死的可能，可是——还有更可笑的，我也担心你活着。

前几天连下两天雪，不小也不大。以为落地就化，存不住，没想到存住了，隔天再看，路边还是白的，才想起没人没车，路也不是路了，雪才自成雪。史前也有雪吗？太孤独了。

你今天吃过些什么？我吃了煎鱼，超市切好的鱼块，锅底铺上一层油，不等热，鱼块就垫上去，又不等泛黄，就翻了面。我怕滋滋响声，怕太浓的香气。这些天都太静，动静太稀罕，路上不堵车，连愤怒的鸣笛也听不到。我们沉在愤怒、悲伤、恐惧和茫然里，渐渐地，茫然接管了其他的。我在茫然里拿出最后一点自信，决定鱼块儿熟了，不熟也熟，没放盐，装盘蘸了酱油芥末吃。

我在朋友圈里，看到了一些刘水做的菜，真的好，荤素搭配，营养均衡。时势如此，多么难得。

今天阳光也好，空气温润，风也静。时势如此，多么难得——简直不该。

而我做了更加不该的事，我想起我们第一次见面，我可笑的蓝头发，红帽子，和你可笑的掐腰猪皮夹克。多年轻啊我们，以为未来能把什么都修正，才放心去做胡闹的事。那天夜里我喝醉了，吐了，谁也没告诉。后来我再没吐过。我告诉自己，不能那样，再不能那样。

这些天我每天洗衣服。早就没得可洗，也坚持洗。昨天新穿的一身，今天脱下来就洗。洗衣机嗡嗡转水，我站在一边凝神看，像个星伴月，鬼傍人。消毒液猛倒，洗出来挂好，闻味儿，不像人间的味儿，像死亡的味儿。

我得承认，语言变了。普通日子里的普通话，如今再说全不合适了。人要遇上事儿，才知道自己是谁——也有人越遇上事儿越不自知，那另当别论——从前习惯的真真假假、半真半假，到了这时候，终于没趣了。水落石出，纹路是刀刻的纹路，一夜之间，只只眼睛都不揉沙子了，也合理，也可怖。生死关头，才决心不惜代价。关头过去之后呢？也不必担心，我们忘得快呢。不只一人一个活法，一天也有一天的活法，百天便有百天的活法，百年更有百年的活法。

你听说了吗，前天夜里，桔子生下个女儿，徐天紧张得很，不肯抱，勒紧了口罩，远远望着，不敢对自己的孩子说一句话，恐怕可疑的飞沫子。桔子喂奶，穿衣，唱歌谣，换尿片，太阳出来，她抱她站在窗前，说：看，外面，再过几天，咱们就去外面。不管世界怎样了，孩子是她的孩子。爱和病相克，她深信不疑。不是钱救人，也不是人救人，是爱救人，她深信不疑。

我没有那样爱过谁，不讲分寸、不计后果地爱过谁。生死还远，一生还长的时候，我们有话偏不说，因为选择多了去了，多得过分。勇气不光非必需，勇气还总成笑话，口耳相传。怯懦反而是正当，怯懦是平安里的消遣，是没出息的人权。

可我再没出息，此刻也知道，为你，我什么都愿意，包括活下去。

我当然爱你，像白纸爱笔尖一样爱你，像空旷爱拥挤一样爱你，像海浪爱山崖一样爱你，像母亲爱她未来的孩子一样爱你。一只喜鹊哗啦啦飞来，站定在窗边，长尾巴一扫，又一扫，比往日多了神气，像质问：人呢？人到哪里去了？

我在家里，我一直在家里，可是我越来越不见了。我记得旧我，旧我自私多疑，虚伪虚荣，贪恋过去，贪图将来，独不把目前放在眼里。可原来只有目前，是我们不断在失去。

请你原谅，我爱你，这没什么了不起，你笑一笑吧。只要是爱，就没什么不同，爱不争夺，爱也不等待，爱不抱希望，爱本来就是希望。

所以我不得不写，不得不记，我写下来只为告诉自己，却万不能告诉你。这爱是我的，这勇气和力量却来自你，我在你中看到我，已有无限的无限的感激。远远的有人拨琴，远远的有人哼唱，这就是伙伴，这就是人生的意义。

愿你们好。

愿这酒后呓语永不为人知晓。

王麦
2020. 2. 13

2

孩子：

不能这么叫了，你已经长大了。

今天风停了，但仍然冷。太阳是有太阳，但没热乎气儿。光也是有光，但像个道具，又稀又白，像假牛奶。我囚在楼上，隔窗户往下看，门口的大路，四车道，七分钟——我掐表数着，终于驶过一辆车。我忽然心生感激，鼓起掌来。

疯了。

玻璃也该擦了。

昨天骂了一个朋友几句——你该叫叔叔，他说你往远看，也是好事儿，等我们老了，就有故事讲。我说你混蛋，说话没心没肺，天灾人祸都是命，谁愿意当你嘴里的故事？再说你又怎么知道，你我就能躲得过，你我就能活到老？

说完我就后悔了。我看见我的幽默感没了。再一看也不光我，大家都这样儿——打一歌星，你肯定没听过，那是我小时候流行的老人儿——政治化。郑智化，你姥爷爱听，总让我放磁带，"听那个瘸子，唱得好"，他说。换今天，他这话也挨骂。

不敢说话了，说就要挨骂。有语言的地方就有战场。善良不够，更善良马上就到。勇敢和伟大，放平时还算可以，搁现在也不行了，勇敢得极为勇敢，伟大要极端伟大。在此之外，你只要说了做了，就有人挑得出毛病来。除非怎样呢？除非死，你肯定这么猜——然而也不行，死人身上的毛病，更加板上钉了钉。

你爸我，因为胆量小，意志弱，万事不出头，到今天也没挨说。我心里明白，人家不说你，一是说不着，二是懒得说。你妈就是第二类。因为你,也因为看透了我,她后来再不跟我说话。

我也想跟你讲讲你妈,可是过去太久了,现在她是谁、什么样儿,我丁点儿不知道。算算年岁算算你,该有十五了,是男就是小伙子,是女已经大姑娘。你会像谁呢?像你妈就是大眼睛,爱笑,一笑露两排牙花子。像我就是眉毛重,塌鼻子——你可不能近视眼,眼镜儿戴不住,镜爪子老往下滑,但赶上现在,戴口罩倒合适,鼻子不占地儿,喘气不憋屈。

这些天,人都不上街,除非买菜——要吃,或者有病——要治。都剩下一个字:活。你要是有眼看得见,就知道从前我们不这样儿。从前我们仿佛没见过死,所以从来不花时间仔细活。今天撒谎明天圆,昨天欠账后天勾,打一枪换一地儿,分分钟所谓和解、撤退、重生。偶尔心里过意不去,但只要腿脚不停,就过得去。比如你,我就以为我早过去了,没问题,今天想起你,也是因为昨晚梦里有你,是你故意托的吗?你怎么还有这心眼儿。

梦里有你和你妈,加上我,我们仨是一个家。梦里我给你妈做饭,你妈给你喂奶。你还小,你妈还年轻,只我一个人老了,是如今形状。我问她想吃什么,她说想吃大米饭,罗宋汤,牛肉要大块儿的,咕咕嘟嘟、颤颤巍巍的;土豆要金黄,要绵软,入口成沙,但不能一夹就碎;汤要稠要红,多砸西红柿，不许搁番茄酱，不健康。

我一听就烦了，进厨房开始抽烟，开始回想怎么一步步走到今天这局面，可是怎么也想不起来。你在你妈怀里，不停摆手蹬腿，头还很大，黑眼仁儿四下转。梦里你是个男孩儿。

梦里我把盒里烟抽净了，生牛肉还摊在案板上，没切。我从厨房出来，你妈已经走了，只剩一个你，坐沙发上吃橘子，大孩子了，头发留老长，橘子皮扔一地，地上还有烟头儿。我跟你说话你不理我，我说什么你都不吭声。我气急了，醒了还记得自己气急了，肯定说了不少狠话，你一声不响，一动没动，头也不抬，看我一眼都没看。

一眼都没看。

梦到这儿以后还有，但醒来就记得这么些了，尤其记得生气，你妈不理我，你不能也不理我，你不就是我吗，对不对。

按说冬天日头短，可这一冬不一样，人心里有事儿，手头没事儿，于是每一天都很长。现在是下午三点四十，眼前一瓶红二已经见底。冰箱还有几排啤酒，夏天买的，一直不见少。有时候来人，聊着天儿喝两个，也就是两个，漱口似的。再叫我自己喝啤酒，喝不动了，喝多少也不来劲，没意思。我现在理解了，为什么小时候我爸那么爱喝高度酒，不要命似的。你肯定还不懂，也不用现在就懂。我像你这么大——比你再大几岁的时候，我和你妈还好着的时候，也不懂，也喝啤酒，喝两口就面红耳赤，人人激动。那时候我们大学刚毕业，同学老在一起喝酒，一开始我替你妈挡酒，后来她替我挡，她，酒量另说，可她酒性好，会摸索，不硬闯，有一套。发现有了你的时候，她还说，是不是该注意了，以后不能沾酒了，你也别抽烟了吧。她说这话的时候底气也不是很足，带着问句，眼睛没敢望着我，可是心里望着我我知道，我多混蛋啊我怎么可能不知道。我说可别开玩笑了，明天上医院吧，趁早。说完我就点了根烟。

后来的事儿应该你记得，你妈背着我哭了多少回，想必你也比我更知道。杀你那天，你妈从里头迷迷糊糊走出来，腿是软的，但是有墙偏不扶，也不让我扶。我问了一句，问大夫把你放哪儿了。你妈说：一个桶里。手术台底下，一个冰凉的铁桶里。咕咚一声，我仿佛听见你掉进去。我赶紧笑一笑，我说我还以为医院会让咱们拿回家呢。你妈指着一个正往里进的女孩儿说：看见了吗，待会儿她身上掉下来的，也在那个桶里，我前一个，我再前一个，和我们的，都在那个桶里，在一块儿。

我身上发凉，我盯着你妈，我以为她要哭了，结果她没哭。她后来没在我面前哭过，再后来，她就不跟我说话了。

刚才下楼，拿快递，忘戴口罩了，旁边一个小年轻儿，也不说话，举手机就拍。我最烦这个，瞪眼呛了他几句，有事儿说事儿不好吗，原本我理亏、该道歉的事儿，非要上来就拍，还凑那么近，仿佛人民的盾牌，能晃瞎我是怎么着？

临上楼，小年轻儿掷地有声给我来了一句：这个视频我要发出去的！

我指着他：不发你是我孙子。

现在手机太好使，视频满天飞。这两天刚看了一个，给上前线的姑娘们剃头，剃秃瓢儿，真他妈的。这是真孙子。

拿回来快递也是酒，不然不会这么急去拿。难得上劲儿一次，得赶快续上。我边喝我的，边跟你说着，算是你陪我。再过两年，等你也能喝酒了，咱爷儿俩再凑一桌。

我琢磨你妈梦里的那几条需求，是不是也是故意的你说，尤其是汤要红——要得到同样血红黏稠的效果，使用西红柿可比使用番茄酱昂贵得多。

嗯，但我们并非出于如上原因才不使用西红柿。

那是什么原因呢？时间，我们的时间。和精力，我们的精力。我还有大话要说，还有大事儿要干。这些宝贵时间和精力，我不能花在一锅吃完就没的红菜汤上，甚至每天花一次。这些道理，我跟你妈都说过。她只迸出两个字儿：自私。

是吧，我就是自私，不然今天也不会拉上你，如此絮叨。二月十八，就是今天，杀你那天，就是今天。这些年来，我是第一次想起这日子。不知道你妈，是不是年年都记得。也不知道她，是不是已经有了新孩子，会哭会笑的，真正的孩子。你在天上，比我们都轻灵，知道我口说想你，实是想她。我省下的时间，做了不少荒唐事，可最最对不起，仍然一个是你，一个是她。你连生日都没有，就有了祭日，她心里多疼啊。

点烟一低头，燎了头发，是你淘气吗？

恨我吗，恨我吧，恨吧。这半生已到头儿了，春天不会再来了。

爸爸

二月十八

3

你：

你啊，你想起过我吗？

今天的天色，像冰雪一样蓝。今天的风声，像自语一样轻。由此，我才想起你，否则一定不会。因为我早忘了。你，以及与你有关的我，我早忘了。

我忘了那天你经过我课桌，扔下一封信，你穿着校服，肥大的衣裤，我们都穿着校服，可你穿比谁都好看。你把收紧的裤脚拉到膝盖，露出梨形肌肉的小腿，在篮筐底下跳起来，伸手去抓。你跳那么高，像要抓比天还高的东西，而我并不在天上，于是失落起来，直到你经过我课桌，直到你扔下一封信。

你在信里写的话，我也已经忘了。你说我值日时总迟到，所以你擦了教室玻璃，打满水桶，倒了垃圾。你说听说我喜欢樱木花道，所以收集了几张贴纸，就夹在我语文书里。你说我因为跑得慢，被体育老师嘲笑，那老师真不是东西。你问我愿不愿意每天跟你一起吃午饭？那样我就能吃到你妈妈做的菜，你就能吃到我妈妈做的菜。你说你知道我最好的朋友是王桔，可是我对你说的这些话你能不能不要告诉她你问我。我看见你的脸红了。我也是。

我忘了我们曾经看过一场电影，学校组织的，我们一排排走进影院，像在课堂上一样坐正。黑暗里你换了座位，黑暗里你像猫一样移到我身边，黑暗里你握我的手，我们手心浸出汗水，胜过一片海，我们胸口咚咚心跳，盖过耳边炮火声。直到灯光大亮，我脸还像火烧，我低着头偷看你，庆幸你没有偷看我。你的确没有，是不是？

我忘了我们第一个吻，和现在一样是冬天，夜晚的广场上，乐声纵横，人群喧腾，我们俩站在高处，层层台阶上，你用围巾绕住我，拉向你，我嘴唇冰凉冰凉，而你是火一样烫。我闭着眼可是看见所有烟花都炸开了，脚下大地也融化，我越来越轻，跌入另一个失重的世界，语言消失了，目光消失了，明天的我也消失了。我想我要死了，没人知道我的去向。

这样就是恋爱吗？十三岁，你和我，这样就是恋爱吗？我们刚刚理顺了吃喝拉撒，加减乘除，我们何以懂得爱呢？

可我坚信那就是。我就是爱你。我爱你七扭八歪的铅笔字，爱你课间打球回来的汗酸气，爱你越来越大的手掌，宽厚肩膀，爱你青青的短发头皮。爱你罚站在墙角的顽劣相，爱你斜跨在自行车上等我的焦急。阳光每一天都好，都刺眼，都催着我们向前跑。而我们总觉得身陷囚牢，一课课老师都是狱警，为我们的爱情上镣铐。是那些自由的缺失，那些成熟的想象，才让你爱我，才让你以为你爱我，是不是？

现在我们明白了。我们所做的那些，无非是拙劣的模仿，和刻苦的学习。可正因我们全不擅长，才来到爱的门口，一窥真相。它那么清澈，无关虚荣，无关意义，无关复杂和考验，无关他人目光和将来磨难。我们装腔作势地操持爱情，把它当作一场搏斗或间谍游戏。像那种古老又新鲜的传说，没有终点，也没有输赢。我们慷慨地给对方制造痛苦，仿佛已经知道，这将是我们一生中所遭受的唯一纯粹的痛苦——没有自我的罪恶掺杂其中。那些灿烂的旧场景，早已不在我的记忆里，因为我忘了。我把你和我自己，一天天地全忘了。

可我知道，即便没有我的记忆，你仍然活得好好儿的。你早早结了婚，早早鼓起肚皮，而你的妻子还没有，你决定不成为父亲。你们如此相爱，就像两个大人。我知道你和我一样，已经成了另一个，或是每一个，充满秘密的，积累成就的，面目模糊的，用遗忘代替怀念的大人。

你相信吗，生长就是不断死去。在你离开我的时候，那就是最后一刻，我的某一程的最后一刻。之后再有动心，都是两样的，都渐渐熟门熟路，久病成医，迹象有其解释，选择各有道理。由此时日团结，连成一片，再拎不出那样一种轻盈的、无知的、不死的片刻。

在那之后我对死亡的恐惧与渴望与日俱增。在灾难临头的当下，讨论死亡显得轻浮、廉价。我想起那些巨大的太阳，想起你细嫩的胡楂，想起我们距离死亡最远的那一天，想起我们虔诚的逃离的心愿。

而我真的，早已忘了你了。

我

4

你啊，你又想起我了，我知道。你翻开一页书，用我的声音读，读到可笑处，用我的眉头皱。你说话，用我习惯的句式，用我嘴边的词。在我之前，你怎样说话？你和我都忘了。

你又想起我了，在上班路上，在回家车里。同样一条路，你走来又走去，可是再回不到有我的日子里。你庆幸又绝望。

下雨的夜里，你开始头痛。黑暗的影院里，你坐立难安。念着台词的都是演员，你也是。你的戏越来越差。

你开始注意到，那些沉默的夫妇，我们原本可能的明天。假如那样，是好还是坏？你不再想假如，没有假如，早就没有了，你已经忘了。

你已经忘了我，你又想起我，在酒桌上，在笑声中，在一片浓浓的青灰色的烟雾里，在湿漉漉的陌生里，在没人认识我的现在，你想起我，像鲜花紧挨墓穴。

你坐在没我的房间里，躺在没我的床上，在通向下一个你的途中，你想起我，想起我的颜色。你在墨绿里认出我的眼睛，在姜黄里碰到我的手，在蓝灰里闻我的味道。

你以为你已经逃掉。你开始唱歌，像孤城头顶的雷声。七天，三个月，十年，还不够远吗？你已经能够朗朗地笑，在我说过的笑话之外。你已经爱上别人，一个又一个别人，有时化作恨。你长出我没见过的皱纹。

可你歌声里有我，笑声里有我，你的眼角悬挂我，发根里长出我。你在遗忘里孕育我，我时刻新生。我流淌在你血液里，我支撑你肌肉和骨骼。你越走越远我知道，可每走一步都是我。每一个远方我都在，每一个暗处都有我灯火，每一间密室我都是钥匙，我是难题也是答案，是困境也是解脱，我是你所有恐惧和厌恶，是你最后的和平与宽恕。向你保证，你再也见不到我，再也见不到，如同我见不到你，可我什么都知道。

而我为什么会知道……你猜。

5

TH：

忍不住地，想起茨威格那封流传于世的信件开头——

你啊，从来也没有认识过我的你啊。

（To you, who have never known me.）

又或是——

洛丽塔，我的生命之光，欲望之火。我的罪恶，我的灵魂……

（Lolita, light of my life, fire of my loins. My sin, my soul...）

——太严重了，没有那么严重，my feelings for you。但也没那么轻佻，所以把《异乡记》献给你，去年的一本书。然而大半年过去，你也没给我打电话。朋友们劝慰我，不一定是不想看，可能是正在抓紧学中文。我一想也对，中文不好学，我学了用了三十几年，仍然时刻警惕着丢失、倒退、狭隘和污染。语言不只是语言，是人格和灵魂的显像管，是思维与文化的形状。詹姆斯·索特小说中的语言，充满了视味嗅觉甚至个体记忆与深层心理的通感——索伦蒂诺的影像语言也一样。艺术的相通。

《异乡记》献给你，不是没缘由。要是没有你，它会不一样。

在写完它之前，我生病，失去欲望：食欲，性欲，表达欲，玩乐的冲动，为明天的计划。失去悲伤和喜悦，高亢与低沉。失去人之为人的一部分，萎为一只干瘪的活人。萎败如此，又还没死，药不生效，我无计可施。

那段日子我看了《勇士》(Warrior)，突然流泪——我会哭了。更重要的是，在你倔强愤怒的眼神里，暴力的肌肉里，流血的对抗里，我终于感到欲望。那是一种与性有关的唤醒，一种肉体力量的重生，原始又本质的冲击。我感到"我"的存在。

在那之后，因为自我价值的苏醒，《异乡记》这篇小说才得以完成，同名的集子才降生。我跟丹妮说——我亲爱的编辑——要把这本献给你，她不犹豫地同意了。

我有一个朋友，叫谷大，《毒液》上映期他采了你。他说跟你聊起儿子，你一下热情起来，话也多了。谷大说再采你就带我去，我心想这可怎么办，我又没儿子，该跟你说点儿什么呢。《毒液2》今年就要上，现生一个也来不及。拿我的书找你签名，也不合情理，再说签名有什么用？

我如此想起你，但不敢真的见到你。我见到你，你就也见到我了，那怎么行。你见到我，就会知道我谄媚，总在强人身后追；就会知道我懦弱，需要他人创作来激励；就会知道我自私，当死是条好去路。我奸懒馋滑，我令人失望，我近来吃不少蛋糕饼干，又胖了三斤，在一片萧条、动荡与哭声里，我一力未付，又胖三斤，我没脸见你。

我仔细地想，想那些想对你说的话，却发现没话对你说。我们不是朋友，生活里你是谁，为什么笑为什么哭，我全不晓得。我的所见，全是你工作的成果。你忽胖忽瘦，忽壮忽弱，狡猾的歹人，懦弱的英雄，变态的囚徒，都在你身上活了。我多感激——不只你，所有那些付出自我的创作。由此人间多了流传的故事，多了人性的袒露，多了存在的思辨与共情和开放。

可如今我们在倒退——我之所处的我们，退回粗暴、无知和狭隘，还以之为荣，令人难解又惊惶。自由有限，我们便曲解自由。权力有限，我们便自相残杀。苦难无边，我们讥笑受难者。真情罕见，我们讽刺有情人。我不认识你，却爱你，你所代表的，是我们的反义词。

《勇士》里最记得一句词,还不是你的,是你哥的教练说的:You don't knock him out, you don't have a home.(不把他干倒,你就没有家)我一听,就呜呜哭了,悲声大放。也是引申,引到我们自己身上:不去彻底地对抗,自我就摇摇欲坠。不去划动船桨,自然不进反退。勇气,时刻都是必要,这对于我,是迟来的常识。可是,better late than never,对不对?

我只有一事想问:你嘴唇为什么那么红?

苏方
2020. 03. 03

6

爷:

天刚亮,我一天一夜没睡,因为昨晚饭后开窗,一团风扑进来,扑我一身,一闻,是春风。

竟然已经是春风。我再三辨认,闭眼去闻:湿的,凉又润的,烟焦味的,腥甜的,语带邀约的,使人倦醉的。是春风。惊愕过去,就是委屈:春风吹了,凭什么。

前一个夜里,我梦见你了。梦见你还活着,梦里又死一遍。梦见你死在年轻时候，腰身有力，手脚灵活，眼睛很亮，发光，看似友好其实嘲弄地，笑，一直笑，皮肤是黑红的，眉眼像山，好看极了，比谁都好看。

梦见你才想起来，生日快到了。这一天从来是我们俩的，三月份是我们俩的，春天是我们俩的。如此二月里，闻见春风味，心里又浓又空。一九九七，那年开始不一样。二零二零，又一个不一样。

梦里我没哭，梦里连我都没有，就你一个人，浇花喂鱼，刷碗拖地，自己活出一个家，高高兴兴的。梦里我也为你高兴，醒了才哭的。

梦见你不少回，可是不够多，不够。有一回梦见，三十儿晚上，你敲门进屋，就那个老房子，六楼，大家都在，大家都很高兴，我憋着哭腔，给你拜年，你不看我，你从身后拉出一小姑娘说：这是我孙女儿。

你真不想要我了吗？因为我干那么多坏事儿吗？我知道我错，干的时候就知道，挨骂我甘心，失去我甘心，可你不能不认我，咱们俩不是一伙儿的吗？我不就是你吗？

可犟了，我妈说我。嗯，乐意。我随你，你也犟。

独，我妈还说我。确实，我独，你也是。我难得惦记谁，钱包里只放过一人儿照片就是你。我妈总让我拿出来，催得烦，果然后来就弄丢了。你也难得惦记谁，可是临走还惦记我，走在我来那一天。那天还没到，你就嘱咐，给你过阴历，给我生日过阳历。我在心里没同意。生死交替，我正是沿着你活下去。然而活得不好不争气，你生气了。

你别生气吧。我就是不如你，没用，无能，爱恨也不直率，写进虚构里。前两年过年，三爷来了，催我嫁人。叔说这就是你不在，三爷才敢来，你在的时候，见他就骂。我就不行，我再跟你一条心，见三爷也骂不出口，他长得太像你，太像了。锅里滚着饺子，外头响着炮仗，我看着三爷的脸，眼泪一汪一汪淌。人家看着我，像看个笑话。就是这么没出息。

越想你，就越想起你的病，你在病里受不了的疼。你肯定看见了，现在我们都病了，即便不死，也再无痊愈的可能，就带着裸露的伤口活，行走在火烧火燎的梦里。可是春风吹起来了，我压不住这委屈了，想你了，想在大马路上朝你跑过去，你好再带我去公园儿，听戏，逗鸟儿，下棋。胡说八道！我替你说我吧，我替你说。多大人了，没点儿出息。我说嗯，我点头，我真的没出息。

爷你看见了吗，有个娃娃，也死了爷爷了。你们碰头了吗，你们一块儿下棋吗，他也惦记他的孙娃娃吗。

爷，春天来了，我离你还有多远，你盼我去吗。

7　四季歌

【春】

青天白日，朗朗乾坤，我吃得很饱，给你写信。

实际上，写过的字都是给你的信，和人讲话是备下可给你听的言论，做事情是在攒讲给你的故事，一跳一跳都是有你的私心。活着全是为你贡献一出戏——希望自己好看，是希望你不讨厌这个演员，不跑去别的剧院。

连日来我们一直笑，没烦恼。令人惊奇。什么都保住了。好像花明天就要开，可是明天永远不来。一千块糖也会吃完的，我不吃。

希望你孤独又不走运，没人喜欢，这样只剩我可以喜欢。希望你所到之处潮闷落雨，于是想念有我的好天。要你在精彩美貌又友善的世界仍然喜欢我，当然也好（但并不算更好），可是完全没有这样的信心，也决不肯冒那样的险。要是我有钱，就把你买回家。要是我做官，就把你关进监牢去。

昨天晚上的梦里，你又不做好人。在人前冷落我引我嫉妒。你要知道这样的行为相当危险，我会因此决斗全世界，斗灭了全世界，转身还要决斗你，要你不得不爱我——并且并不因此觉得不光荣。你爱我我就光荣。

现在我要出去玩儿了。我警告你不要胡乱做梦。

【夏】

你好。

我一直在想着你,眼前的画面手头在做的事和我的脑袋完全对不上,平行世界。心里好像是有火的,把脑袋里的水咕嘟咕嘟煮开了。扛不住地困,所以睡了很多觉,睡着和醒着的感觉是两样,可睡了忘了是不是就是好,我还在琢磨,不好妄断。

想你,这个想开始变了。原来的想是幅画儿,要流淌的,现在是个框子,干巴巴硬邦邦,硌人。世界的面貌也变了,充满敌人。朋友也是敌人,想和我说话想钻进我的帐帘里的人都是敌人。谁都不是你,凭什么和我说话?我想起你学我,你说"哼!",听上去气哄哄还仰脸掐腰。那时候你学得并不像,那时候我还不那样说话呢,现在才是。

我一直在想,我有多不好,自私软弱反复无常,以爱之名干坏事。算了,这个项目止住,不说它。

还说想你。想你这件事顽固如常。爱你是另外一件事,它开始变得不正当。不好意思往前想,想你还爱我的时候,往事,它像个坏少年,让人没办法,困惑又羞愧。只能想我爱你,我怎么那么爱你,爱了你才知道人有这么多心思,一边爱你想你,想嘭嘭嘭地亲你,一边怪你谴责你,生你的气。我这个样子,上帝也生气了,赋汝七情六欲又赋一伴,可你还伸手,要与之对立的东西。我替上帝生气,替自己恶心。

我爱你。我要插这么一句。

爱你之前,我可没觉得自己孤独。爱你之前,也不信真有一个人,可以这样说话。你一来,我一下傻掉了,为上帝这安排;还偷偷不敬,觉得上帝老糊涂:真给我吗?还给我吗?单单如此宠我,是何居心?给了还往回要吗?你看,我就卡在这儿。

然后我就忙着爱你去了。你知道吗,人爱了以后就不会说话了。语言这工具实在渺小到可忽略不计。文字,音乐,绘画,舞蹈,电影,魔术,二人转……哪怕把它们都使全,来描述"我爱你"这件事,也太轻狂。我只能把它锁在我的胸腔里,这个庄严又热情的猛兽,有狮面鱼尾蛇口和马蹄,我被它牢牢按住,每天每天等你来救我。可你也救不了,世上还没有爱人能。你只能让我不疼。人一爱就浑身是伤,掉进大坑,你是每一处伤口的凉药和热风,你是坑口垂下的短绳和热切招呼:上来呀,咱们一边做游戏一边吃糖呀。我无从解释,我有口难辩,我反复无常,直到现在。

到现在,我开始怕我忘了你。从前老怕太爱你,怕爱得离了地,飘起来。也不是怕摔,能摔也好,就怕你走了我还飘着,再不能降。那太可怕了。那是地狱。要能忘了你,是不是也很好?我不知道,这里是诚心诚意地问你。可要是你不知道,要是你不是把自己想成是我的那种知道,就别说。要是你只想说你的希望,也别说。我只是没有计划,爱就是爱,四季就是四季,哪有计划。我没有你,也只是开始知道孤独，也只是看天是天，看地是地，再没有诗，如此而已。有多难。月亮那么大，每月也只圆一天啊。

我饿了，要吃饭了。祝你好。

【秋】

我有一个朋友，自她从上海来北京，频繁下雨。妈呀，积水潭又淹啦。她老说。

我有一个朋友，一来北京就被大桃吓住了。太大了。他留了下来。后来有没有常吃，我也不知道。

这几天也雨多，可白天还是大太阳，没见多少秋凉。这一秋性如贵仕，彬彬有礼，入夜潜行。说来还是夏掌权，可敏感人能尝风向变，全城已经泛秋味。

比如姑娘，你晃一晃肩膀，能察觉哪几根头发脱了根，是虚挂。比如奔马，远处的狮虎能辨到老弱，伺机逐。比如一场谈话，局内人拣得出第一句疏冷，转身也心知肚明。比如今天早上一个梦，你还没醒还在梦嘴里，也无端确凿知道这个故事，一睁眼就再也记不住了。

好运气从来不可靠，圆满事也往往被夸大。可单是丧失——丧失的征兆，总是确实的。

经验更多带来的是悲观。悲观主义者爱笑，务虚。承认雨，忽略伞。方法论太多了，入心入血难。精算以执局，执局者何欢？

肯定有过下雨天。我们俩在一起的时候，我们俩还在一起又身在一处的时候，肯定下过雨吧。可就是想不起来了（天呐我现在正在吃一个黄桃实在太好吃了）。我记得我等你，很热地等你，很冷地等你，浑身是汗地等你，浑身发抖地等你。只要一离开你我就等你。等你的时候挺开心，一想你就笑。可一见到你，就总带了身沮丧劲儿。等你的时候，眼前是你来。相处的时候，眼前是你走。开始就到头了。你不认。可是不认行吗。

这一茬夏气数是要尽了。秋来秋也是要走的，好处是不意外。秋后头还有。还有来，也还有走。无关求，是不是？求与不求也无关长久。

爱情到底有没有。我想大概有。不过我们不配有。

【冬】

老能梦见小学时候那个家里我的房间，进门儿左手是一写字台，脸正对是窗户，右手一玻璃书柜，下槽儿放衣服。右后方门挡里头是我床，床和书柜当间儿挤一个小凳子，我躺床上时候我妈进来就坐那儿，我妈不坐的时候就摞书。

梦里要是有屋，总是那间屋。梦里没我，旁人进屋也是进那屋。没做着梦，大白天脑袋里装置别人，也都在那儿。周总理一夜的工作就在我屋，喝绿茶吃花生米。史铁生地坛转一圈儿黄昏回家，摇着轮椅进我屋。咪咪方梦见她爸方言，站屋里一身大汗所有鞋都剩一只右脚，也是那儿。茨威格吞了药片拥妻长眠不在那里——照片我见过，但《昨日的世界》是在我屋写的,我和绿蒂都在一旁看。

你说这屋有多大,一点儿不比世界小。当时懒在那屋里,天天放了心等长大,以为一抬腿就走出去了,是不懂事,少经历。跑了和尚不跑庙,跑得出轮回跑不出自己。小时帮我奶缝被,我奶朝我借眼睛穿针用一穿一个准儿,可是新牙咬不断那纫线。缝完把余线缠回线板,也不会。喧糟糟七扭八绕松散难看,得换我奶拆了重缠。

我奶举着我手研究:不是干活人。因为听话,我依此生长,至今啥活儿不会。活也活得没准头,一下冲出老远,一下偏了航道。

你说人走再远,能有多远。我再没你,还能生出几重变。我屋那么大,一块天就盖住了。人哭那么凶,一场暴雨就浇老实。这几天我发现,天不是亮起来的。天是青起来的。天首先从夜里析出来,像块青棉布,看看染了灰,再看就漂成白,上妆似的化成白天。天骗人了。天从来不是亮的。

人间总是混沌局,谁也不多余,谁也不必需。既然都有间屋逃不脱,索性我不再想远走的事,你也不必来做客。这一生已超过了我所盼望的久远,往后学会了不盼新发现也不盼常如愿。情深似海想来并不高过点头之交。让我们今后只担忧彼此的健康,生喜或落郁留交他人掌握。不早起的人也不配昂扬迎战,不如我们就拿出逃难的姿态,尴尬活着吧。

我母亲孩子的爸爸

Bloody Years

1

我爸并不是我亲爸,第一个不是,第二个也不是。对于我在这件事上的感受,我妈一直心怀忧虑。一方面她不告诉我谁是我爸,另一方面她又总想跟我谈谈。我跟她说行了,我不关心谁是我爸,既不爱他也不恨他,多么省事。

我这样说,她又不满意。

"你可真是个男的。"

从我记事起,她就常常这么说。好像我听不出来她骂我。

我的头顶上方,曾经是一座火车站。轨道耸立,并列,交缠,远离。巨大的穹顶之下,充盈和休憩被精准地计算。阳光被打碎,像星星嵌入眼里。速度越来越快,取消了窗边的仪式,夺走话语和表情。脚步轻柔,液面平稳,记忆贴地飞驰,点连成线,影像焦糊,无从标记,令人昏昏欲睡。

现在，我们拥有大量的照片，不计其数的照片，关于火车站，关于城市、阳光、灯火，关于地面、海洋、云雨、树木和它们或绿或红的叶子。我们已经不在其中。我们怀念，拼凑，甚至虚构，因为重要的永远是我们，镜头之后的我们。流泪的摄影师，狂欢的、面无表情的摄影师。

不是故事，不再是故事了，人们终于扭亮了地下室的灯管，看见了暗中存在的自己。我之行为正是我，再无辩解的意义。

我已经有很久没想起我妈，今天有点不一样。今天又到我生日，八十整。死亡申请提了好几年，院里一直不批。我们缺人。从前缺孩子，现在老头儿老太太也缺。

但是都活够了，都想死，这就导致了院里护士比住户多。我们这一区，平均每人配1.5个护士，也就是两个住户一组，给配仨护士，一个长住，另两个倒班。我跟老韩头儿一组，住一个套间，好几回互相杀害的紧要关头都被方长住护士当场抓住。方长住这位女士，论岁数比我们小不了两轮，我们苦口婆心劝过她，说你早晚也有这一天，将心比心好不好呢，她捂俩耳朵说不听不听王八念经。

另两个倒班护士年轻，也都是女孩儿，比较地养眼睛。一个爱笑，一个不爱笑，我跟老韩头儿起名一个好心眼儿，一个坏心眼儿。好心眼儿黑头发，大眼睛，弯弯眼角弯弯眉毛，瞪人也不凶。

老韩头儿见过我妈照片,说:像你妈。

我说:像你妈!

这是我们俩合作的笑话,所以都很尽心笑,笑得胸口阵阵紧,大咳,喘不过气,直到叫人发现了,抢救一番,否则就是笑死的。

好心眼儿心软,不禁央求。我昨晚上没吃睡眠片,跟她说我想睡回觉,做做梦,她眨巴眨巴眼睛,关门走了。老韩头儿一看,也抠嘴把刚吃的吐了。

夜里我梦见了我妈,梦见了下大雨的北京,扬天接地的水帘子,千千万万个小拳头,嗵嗵往下砸,心都砸慌了,土都砸碎了,往人鼻子里飞,又腥又香的泥味儿,灌进腔子里去,像个新世界。楼房,一柱子一柱子,都站在大地上,汽车,猫狗,都带着自己的眼睛,堂堂正正。万物淋着雨,吃着风。我也淋着雨,吃着风。我也站在大地上,像个新世界。我心说可别醒,可别醒。

我妈带我往家走,俩人拉着手在雨里往前奔,我太矮了,脑顶刚齐我妈腰。她说陈迟,我抱着你行不行,我这么拉着你走得慢,还得弯着腰,太难受了。我就松开手一甩,说那你也别拉着我,也别抱着我。我妈蹲下来,笑嘻嘻瞧我,说你也知道你沉,那你还生什么气,不许生气。我说那你抱着我,我举着伞。我妈说好极了。

还没睁眼就听老韩头儿在那大喊:好极了!

我知道他也做梦了,梦里可能是看球了。等白天人少的时候,他可能会跟好心眼儿讲讲。我决定不讲。我决定不讲了。我这样一个老头子如此贪梦,我妈在梦里是个年轻姑娘。

2

我不恨你,这是小时候她常常对我说的话。我猜要么不是对我说的,要么就是她真的挺恨我。后来明白她是觉得欠我,生了就欠了,补不齐,只好又恨我。

我一直以她为荣,从小到大,这是实话。我只是没那么喜欢她。谁都知道她是个挺特别的妈妈,她时刻警惕着自己的牺牲,也警惕着我的,希望咱们谁也别过头。她自私极了。

你自己拿主意吧。有麻烦的时候她总这么对我说,也不掩饰幸灾乐祸。她从不控制我,是因为她自己就没主意。

我跟许多多还好着的时候,有过结婚的念头。那时候我们已经亲密无间,无话可说。像螃蟹终于熟在蒸锅里,红是红白是白,不再掀盖。我去问我妈,她又是问我:你想结婚吗?

我说我不知道,我不知道才问你呢。唔,那没必要。她咯咯笑两声,好像放下心来,然后又问我:你问过多多吗?

她想结婚吗?

我没有。我忽然意识到这个答案不好,会令她失望。我便不说话,做出深思的表情。她看着我,看透我。她还是失望了。她担心我完美,也为我的缺陷沮丧。她最大的恐惧是我和她一样。我一像她,她就想跑。

她本来没打算给我喂奶,因为胸太小,不可能有奶她以为。结果竟然有,日夜不休地溢出来,她惊呆了,感到害怕,觉得是我的阴谋。

我出生之前,她不大知道孩子是怎么回事。我最初的形象是皱皱巴巴一团,皮肤黢黑,目光苍凉。她一见就怕了,觉得我是神,是来治她的罪的。

我是个婴儿,我一直哭。我知道她怕我,我一哭起来她就惊恐地望着我,想立即满足我,但又对我的需求一无所知。有时她干脆跪在我面前,忏悔似的流眼泪。我不为所动。我哭个不停。我哭声尖厉,庞大,哭在你耳际,哭在你胸腔,哭在你的分分秒秒和所有的未来,谁都无处可逃。我到底要什么?我什么也不要。你最好及早看透。我不掌握语言,不拥有人间经验,只有一个小小灵魂。我仿佛委屈,仿佛愤怒,仿佛重复着某种诉求,仿佛被血肉困住,孤独绝望。谁也满足不了我,尤其是母亲。如果说我在指责,那我的指责只针对她一人。她吓傻了。我不宽恕。我一直哭。

"有过那样的时候,"我母亲对我说,"一个人漫长的一生可以只为一件事付出自己，并且从中获得尊重和满足，没有什么可以打断他。"

"后来我们失去了这个选项，我们越来越快，表达和决定都不经整理，我们的回忆找不出成块的人格的证据，我们——人，就在速度里，哗啦啦地碎了。"

"你是后来才来的，你是好的，你是可以怪我的，而我谁都不能怪。"

"我们每个人都有错。"她说。

她急着认错，但不急着给我喂奶，有时她会彬彬有礼地问我：你想吃饭吗？

是的，想吃，麻烦了，请尽快上餐，感激不尽。我看着她，我的母亲，她的脸悬在婴儿床上空，我心中绝望透顶，我连哭都懒得哭了。

究竟是在拥有孩子的第几天，一个女人真正地成为了母亲？

有个清晨我终于醒来，站在婴儿床里，扶住栏杆看着她。她不睡床，她睡在一张厚厚的弹性十足的床垫上，在我看来就像睡在地上——飞散着头发，搂住一只厚枕头。我向下看着她，一言未发，我发觉我才是一家之主，这个睡在地上的女人需要照顾。

上礼拜收到通知，说按照我妈——王麦女士的遗嘱，到我八十岁，她的记忆存片就归我了。她肯定没想到我能活这么久，我也没想到。

她那颗存片是三十年代提取的，初代产品。据说当时手艺粗，操作起来还挺危险，又贵，并没多少人做。我在上小学，我觉得这东西大概就跟早年人们的日记本差不多。人越来越傻，不再写字，就把日记这样存下来。

人们在日记里一样撒谎，这一点我早知道。那么存片是诚实的吗？有些人认为是，有些人反对。这其实是在说，我们面对自己是诚实的吗？我的意见是：傻子才会这么问。

这是我第一次进入别人的记忆。蓝灰色的，的确是，和她所声称的一样。只是蓝要比灰多一些，闪着动机不明的微光，像一种坏笑。

看不见时间，看不见叙述，所处像一条柔软而饱满的大河，被纷繁声音切成小块，水波汩汩。像一场梦，别人的。不过只要你抓到一小块明确，像握住一块水底的小圆石头，一切就滚滚地展开来，你就有了行走其间的自由。

念头一到，情景就起了，就有了得知，得知是刹那的事。念头一转，此情此景就灭掉，向下一处去。都是一念之间。

那一念间一旦敞开，你就得了自由，你就能轻易分辨出，哪些部分异常艳丽，像常常被擦拭的银器，哪些部分黯淡空洞，像被关了禁闭。

3

那场婚礼安排在一个夏天的夜晚,在一个叫"南门"的酒吧里举行。大雨刚刚收起,闷雷还在声声滚着,小鸟啾啾叫。没有风,乌云稳稳悬停着,蓝灰色。

她憔悴极了,我的母亲,脸色黯淡,有星点的斑,缀在黑眼圈上。她没化妆,也没花一点心思弄头发,就那么不高不低地扎起来,松垮、尴尬,像个苍老少女。

着装完全反掉了。她穿了一条软软的黑色长裙,下摆垂坠着松开,而高磊穿一身白西装,像一只崭新的卡通熊。没过多久——拍过一轮照片之后——他们换了衣服,都穿着牛仔裤和大号T恤,不是情侣款,也不配套。

没有老人,也没有小孩,他们只邀请了一些相熟的朋友,并且在邀请时气力微弱地强调"不算婚礼""不是那种婚礼""只是个有主题的聚会",她用开玩笑的语气说。

她是三十三岁的新娘,有孕在身,而高磊是慷慨磊落的骑士,对她出手相救,在场人士都这么认为,包括高磊自己。

他们早跟老板讲好,今天是包场,有乐队,也喝酒。老板提出两个价,包场一个价,包场加酒另一个价。

"那就不要酒,"高磊跟王麦说,"那么次的酒,不如我们自己带,万一不够喝,再点他们的。"王麦说好。虽然她和高磊都跟老板是朋友。不过那些开酒吧的人,和谁都是朋友。

"自己带呀？"老板笑眯眯，"可以，自己带就自己带。"

"但是……"王麦抱歉地笑了笑，又看看高磊。

"吧台给你留个人？"老板终究是老板。

那就太好了，王麦说，非常感谢。

不叫事儿。老板一挥手。大日子。

对在场的人来说，这不过是一场演出。演员是谁，也许存在争论，但也根本不重要。演出开始前，高磊递给王麦一个圆圆的大桃，裹在一个透明的食品袋里，洗过，沾着一层水。

因为肚里装着我，她一直没法吃饭，一旦吃了什么，我就会命令她吐掉。唯一能骗过我的，就是这种桃，很硬，没什么水分，不甜，嚼起来咯吱咯吱，像老鼠啃木头。王麦说她现在不想吃。高磊说不行，到点儿了，该吃了。王麦一边剥开袋子，一边说：真混蛋。我心里一乐，我知道她骂的不是我。高磊就不知道。高磊觉得他们是在合作打一场仗，对手是我。王麦可没这么想，她觉得自己孤军奋战，没人是她的同盟。

乐队好极了，成员众多，技巧业余，情绪激动，行为散漫。我在台上认出了陈年，不戴眼镜、黑色头发的陈年，咬着薄嘴唇，通红的，摇头晃脑地摆布着基本多余的第二吉他，电都没插。他是在第二首歌旋律响起时跳上台去的，随后有更多男男女女跳上台去。三角铁，手鼓，沙锤，老板献出了所有的玩具。

"停停停停",陈年说,这位凑热闹的演奏者未曾中断饮酒,皮肤紧致,瞳孔和颧骨都闪耀着光芒,"不闹了,那个",他指向台下他的妻子,一位搂着一只黑色皮箱的姑娘。

"好啦好啦。"她将皮箱躺下,打开,取出一支金色的萨克斯,轻柔地托举着,送到他手里。真是个好姑娘。我记得她,我见过她。

来吧。陈年说。他给了键盘一个手势,给了王麦一个眼神。

噢,琴声一响,几颗水滴刚刚落下,她就笑了。哒啦哒哒,哒啦哒啦,她歪着头,坐在吧台边,笑着哼着,陈年用金色浓浆般的调子和着她,他的首句接送着她的尾音。时间的镣铐卸掉了,我感到一样的共鸣。几个来回过去,人们合唱起来:

怎样面对一切
我不知道
……

陈年站了起来,那支金色圆管高高抬起,流出的音律更加多变又密集。他眼里笑着,拧紧了眉毛,渐渐凝聚起全身的力量和气息。不行了,没气了,他的眼睛在说,他的笑容越来越大,两腮僵硬。在他眼神的另一端,王麦使劲儿摇头,她也在笑,但坚决地摇头。

"上来呀!"陈年解放了嘴巴。

键盘接过了旋律,噢,留给她只有一秒钟时间,她决定不错过这首歌。她一走上舞台就开口唱了,T恤下摆打过的结在途中甩开,留着一束褶皱,像缺墨的一笔。

"心若倦了……"她看上去开心极了,露出许多牙,好像在唱另外一支歌。

高磊已经喝了不少酒。他把自己带来的酒集中在靠墙的一张木桌上,旁边摆上两筒纸杯,人们仍然不断去吧台要酒。

王麦没喝酒吧?他心里猜测,但是,少喝点儿也没事儿。

女人很多,眼影和口红深重,泛油光,脸和脸很像。姑娘就很少了,可能只有三五个,还都聚成一团。王麦已经唱完,再响起又是一首老歌儿。老歌儿没什么,老歌儿挺好的,他晃晃悠悠地想,如果有人来跟他说话,他就要这么说。因为的确,这一天就是他们的日子里,最为苍老的一天。王麦应该没喝酒,应该是没喝,可是,她连酒都没喝,为什么要唱那种歌儿。为何你还来,拨动我心跳?痛苦的相思,忘不了?怎么想的呢她到底?

一个穿着吊带背心和短裤的姑娘过来添酒,谢天谢地。她的皮肤大片地露在外面,又白又薄,浅浅透着血色。两条细细编过的辫子,紧贴着头皮,像少女哪吒。

"你还是穿裙子漂亮。"高磊说。

"啊……"姑娘有一点惊讶,有一点羞乱,"什么时候?"

"我都行,看你时间。"他说完自己就先笑了。如果不是因为结婚了,不是在今天,他不会如此信手拈来。他不知道她是跟谁来的,或者根本就是个陌生人,以为这是间正常营业的酒吧。

"噢。"她低下头笑,表示明白了。又迅速喝了一口酒,她脸红了。

高磊立刻捕捉到了:她受宠若惊。这个夜晚忽然变得美妙。不,他在她身上并不需要更多(但也不反对),他已经从中得到了认可——他仍然能行,甚至比从前更行,他搜索记忆,年轻的高磊并不能让女孩儿们感到受宠若惊。新知——可能一直以来是他搞错了——婚姻会增加男人的魅力。

"你是老板吗?"女孩问他。她不认识他。

他带她离开那桌酒,坐到墙角去。

"我不是。你是跟谁来的?"

"野哥。找不着人了。他认识人太多了,谁都认识。"

是吗?高磊就不认识。他听得出野哥和这个姑娘没什么大不了的关系,今天,在这儿,她是个无主物。

"你叫什么呀。"

"Jing Jing。"

"行,看着是挺精的。"他向后靠了靠,酒意让他有点儿疲惫了。

"鲸鱼的鲸。"

"现在是不是没人说大名儿了,都说个小名儿,网名儿,艺名儿?"

"那你叫什么?"

"高磊,三个石头磊。"

"三个石头磊,三个石头磊。"鲸鲸小声重复着,像是有什么可玩味的。

"有意思吗?"他向前坐,靠近她的上半身。

"啥。"

"今天晚上,你觉得有意思吗?"

"还行吧,人不算多,我去过人更多的,也没什么意思,我刚到,都不认识。"她眼神四下扫着。

"那你觉得——什么有意思。"

"嗯,"她皱起眉头,受过挺大委屈似的,"都没什么意思。"

"对!"高磊决定同意她。"对"和"不对"都在他嘴里,哪一句都可以。

"你是做什么的?"他问她。

"我啊,"她两只手举在眼前,玩指甲,"写小说。"

"厉害。有书吗?我去买一本。"

"我都发公众号上，连载。"

"浪费，浪费你的才华，出本儿书吧！"

"出书没意思，"她的指甲是短的，片片涂着卡通图案，十个指头都不一样，"现在谁还看书，看书有什么意思。"

"我看看，你公众号是什么？"（你微信是什么？）

"别看了，写得不好。"

她可能是在拒绝他，也可能是不欢迎他这样的读者，又或者是真觉得写得不好，也可能根本就没有这么一个公众号。

有人来坐下，是王麦。

"有什么饮料吗？"她兴致勃勃的。

"有啊。"高磊轻快地回答。他坐着，没动。他想拿起杯来喝一口酒，也没喝。

"吧台那边有吧。"鲸鲸迷茫地抬手一指。

高磊专心致志看着桌面的木纹，用指关节叩了几下。

"我喝一口你的吧，"王麦看着高磊，"行吗？"

"喝呗。"他的音调升高了一格。

"没事儿吧应该？"王麦看着杯里的酒，隐秘地笑笑。

"嗨！想喝就喝，"他一副全不知情的姿态，"不想喝就不喝，这有什么可问的。"

王麦已经拿起杯，金色液体涌到嘴唇边，沾了沾，又退了潮。

"你们俩也认识呀？"鲸鲸问王麦。

"嗨！"王麦学着高磊的调子,大大地笑着,她已经站了起来,"一般认识。我去外头透透气。"

她伸出手在高磊眼前一挥,高磊点点头。她的指甲没有颜色,指头上也没有戒指。他的手上也没有。谁都没想到这件事儿,其他人也都没问。

仍然有雷声,灰蓝色的云块积着积着,像憋着一口闷气。水从窄窄的屋檐边滴答滴答,檐下站着陈年,在抽烟。

"别过来！"他做出掏枪的姿势。

"就这么点儿烟,没事儿的。"王麦避着水洼跳过去,站在他身边。

"万一呢。"

"万一也不赖你。"

他无可奈何地瞪她。

"给我抽一口。"王麦嘻嘻笑着。

"不许得寸进尺！"

"要不你这根儿给我,要不你再给我一根儿,你说吧。"她正正经经地。

"那抽一口。"

"嗯。"她仰起头来,像接球的海豹。

"小口,小口……行了行了。"他赶紧抽了回去,往门口那边看,"让高磊知道可说我。"

"呵。"王麦从鼻子里笑一声。

"他干嘛呢?"

"玩儿呢。"

天色严厉地一闪,黑蓝变成灰蓝,雷声滚过。又一闪,又成一片灰蓝,雷声滚过。

"过来,别给劈了。"陈年把王麦往身后扒拉,让她往后靠。她的背贴上了墙,吸了雨水,她的脊柱凉凉的。

"你还怕这个?"她表示鄙夷。她鼻尖卡在他肩膀上,像窝里的雏鸟,仰头往上:"你说,万一真来了,劈你劈我?"

他缓慢地向后靠,他的背贴紧她的身体,一种挤压的力。

"肯定不劈你。一尸两命,不体面。"

"但也不会劈你,是不是。"她替他说。

"我也不是坏人。"他声音里的噪音消失了。

"我不算坏人。"他低下头,情绪裂开成两半,"这个不科学,你得相信科学。"

她想他喝醉了,用手掌上下抚着他的两片肩胛骨。他转过身,两手用力捧着她的脸,嘴唇坚实而迅速地吻她一下,像飞鸟一头冲在石头上。她笑了一下(不然呢?)。他再次吻她,稍作停留,但仍然短,短到恰好可作一番说明,停留是另一部分的说明。就到这儿,这便是今晚的最后一个友爱之吻,没有更多了,他们都知道,都为对方感到高兴。没人还需要那种躁动的、难以命名的激情,那是小孩儿的游戏。罪魁是恰好他有一双能将她看得清楚的眼睛,而她也是。可这足够了。罪魁还是他们都希望对方平衡完整,宽裕体面。危险就在不远处,在他们之间,只需要一根小指头的力量就会发生,他们如今立于其上的土地,曾经是也即将会,成为流沙。在那些小而沉重的时刻内部,时间并非匀速。他们已经了解了一些真相,也了解了一些自己和对方。她愿他投来的目光永远信任且无忧虑。

陈年不知道,在那一吻中,王麦感到了第一次胎动——柔软的痉挛,所有神经的末梢都火花四溅,她克制着克制着,微微发抖,睁不开眼。她第一次有了那样的感受:亲吻一个自己的孩子。此时此刻,她在经受诱惑,经受考验——比陈年所经受的难上一点,再难一点。女人没有同盟,女人孤军奋战。闭嘴,她咬紧了牙对我说。闭嘴。她对他有秘密,决定不说。她愿他投来的目光永远信任且无忧虑。

抽烟的人们走出来,有人拿出烟支,有人献上火种,一种虔诚的交易。刘水——我想起来了,好姑娘的名字——也走出来,陈年的萨克斯挂在她又白又长的脖子上。他朝她伸出手,把她挽到身边来,她把重心倾斜在他的髋骨上,问王麦感觉怎么样,想不想吃点东西。他们全都认识我,总是关注我,记挂我,祝福我。这些问候总让我的母亲感到不安和忧郁。她知道自己没那么坚强,她承担不了随后的轻视。如果说她的价值被一个孩子托高了,那么她的自我就正在被压低，直到归零。

"不早了。"陈年说。

音乐已经停止，空调已经关掉，老板捏着账单，目光随意地关注高磊的去向，高磊紧握着鲸鲸的小手臂，对人群高声呼唤：野哥！野哥！

鲸鲸说哥你别喊了，他可能都走了。那你给他打电话，高磊说，他得送你，他不送你我送你。

鲸鲸说你都这样儿了，还不如我送你。

你送不了我，高磊诡秘地笑：只能我送你，不能你送我。他醉得恰到好处。

"我们送，"陈年上去钳开他的手指头，"别操心了，我们送。"

"陈年你，"高磊就势坐下，看着他笑，"用不着，明白吗？"

陈年让刘水："倒杯水。"他弯下腰就着高磊的耳朵小声说了几句。高磊说，滚。

"走吧。"陈年招呼着鲸鲸，跟刘水一起，向已经走掉一半的朋友们告别，没有看王麦一眼。假如有人安慰，难堪就更成为难堪。

高磊有一点想吐，但不严重，完全可以不吐。比想吐更强烈的是委屈，他觉得不公，他在将自己的未来拱手让人。人们三三两两离开，不再关注他。他感到一些重要的事结束了，他和她之间已经失去意义。他漠然地笑，走到王麦身边，懊恼自己不够醉。他想大声质问她，但没找到合适的问题。

"你回哪儿？"她问他，没有生气。

"不回家吗？"他问。

她为难地看他，好像为他的愚蠢感到抱歉和忧郁。这是她习惯露出的表情，对我也是。让她失落的是他的轻浮而不自知。他不是故意不尊重她，他是根本没想到她。人生已经来到了后半程，却还没学会庄重和自制。他还会变吗？一切会好起来吗？这个即将成为父亲的男人，会在一夜之间开始学习自省吗？他还有时间吗？她呢？

"你叫个代驾，现在叫，"她把手心抵在他胸口，"我叫个车回家。"

"我叫个代驾，回我自己家。"他迷茫地看着她，重复着她的计划。

"对，你回你家，我回我家。"

他掏出手机飞快地按，好像瞬间恢复了理智。

"我实在累了。"她抱歉地笑。

最后的人们走出门时大雨再次落下，激起一片茫茫白雾。我认出一颗颗远处的雨水，认出一段一段敲打的乐声，是同一场雨，夜不知道，各怀心事的人也不知道，是同一场。雨水会流入深处，被土地喝下，被头发和衣角抖净，被第二天的阳光晒干,再从四面八方打捞起,人们不在乎,所有的雨都是同一场。

大雨是从让人回不去家开始的。雨越下越大,把人困住,惊怪着,嬉笑着,有人整夜回不去,在桥下,在坡沟,有人再也回不去。这样的坏雨,悄悄多起来,三场、五场,南方,北方,渐次连成一片——正像一场雨的发生。雨变了,再没有好言好语的时候,发起狂来也一点不打商量。终究你要知道,所有的雨都是同一场。

4

我认识许多多是在 2026 年,那是我生命里最为美好的几个年份之一,充满成就和演化。我已经六岁,肚皮和脸蛋不再鼓鼓的,稀软的卷发开始变直,膝关节灵活坚韧,走跑自如,越来越像个男人。谁要是说我可爱,谁就会吃我一拳。

相比之下,许多多已经七岁,却总要被人抱在身上——主要是被刘水,有时也换成陈年。这不能怪许多多,都是刘水的主意,"姑姑抱吧?"在海滩上,她总弯下腰,垂下长头发,亲切地引诱她,让我们都来看看清楚,她是多么多么喜欢孩子。

海滩已经荒了,空荡荡的,离海非常远。海如今不那么好相处，凶得像仇人，近岸的浪头，常常就百十层楼高地站起来，向前一卷，小半个城就没了。人们躲着海。

刘水她爸爸住在海边的疗养园区里。在北方，只剩这一小片灰色的海不吃人，但也不亲人。海水永远是灰色，与天与雾融在一起。海风不吹，海气也不腥，海像个乖巧忧郁的小孩，一动不动。

"多多，你比迟迟大，你不能欺负他。"刘水警告着许多多，眼神里提防的却是我。

"咱俩打球去吧？不带女孩儿。"陈年拉拢我。

刘水死死盯着我。我不说话，也不看许多多，一眼都不看。

"迟迟，"刘水声音软下来，"你是想跟叔叔打球去，还是想跟多多一块儿玩儿？"

呵。陈年从鼻子眼儿里笑。

"多多你说。"刘水也不看陈年，一眼都不看。

许多多拧了半天手指头说，我不想写作业。

许多多一说话，雨鞭子就打了下来，抽在人脑门上，胳膊上，眼皮上，脸蛋上，太疼了，我有点儿想哭。陈年飞快脱了外套把我裹住，又一把抱起来，大步往回跑。我像个婴儿，或一颗白菜，脑袋全被盖住，眼睛露出一半。水珠子沉沉地砸在衣服上，在我耳边嗡嗡响，像打在琴键上的手指头。疼不疼？疼就哭。陈年喘着气说。他越走越快，我脸朝后，看见许多多和刘水越来越小，越来越远。她们似乎决定不走了，刘水蹲了下来，把许多多埋在自己裙子底下。我差一点就哭了，我说我想我妈。我知道。陈年说我知道。

刘水她爸的病房——在他自己的要求下——全部漆成了刺眼的紫色，他并不承认那是病房，他叫它一居室。他的脸也是紫色，混合着一块块黑，他从喉咙里不断地呕，像吼叫，再从牙缝里泌出绿色的痰来。他的床和柜子和轮椅也是绿色，像青草磨碎的浓汁。轮椅上铺着一张布满污迹的小圆垫子，向下凹去，像一张软软的薄饼。气味浓重，腥臊、潮湿，气体结成块，沉甸甸，密度惊人。他不许任何人开窗。没有椅子给人坐。我站在陈年身后，开始发烧。我进入了怪物的洞穴，怪物以为我是他的子孙。他把陈年认作了儿子，把我认作陈年的儿子。他看见刘水只当她是个女人，这女人的企图是把她怀里抱着那个小丫头卖掉。

"瞧瞧！啧啧，瞧瞧瞧瞧！"他会那样地盯着刘水的身子，说出那样的话。

他的半张脸塌进嘴巴里，眼睛贼笑着，颧骨又红又亮，像只醉酒的狐狸。

"瞧瞧这个，你不着急？"

不知道在问谁，也没人回应他。

"我都着急！"他大声说。

大夫说，他的思维在离他而去，每天远去一点点。嗯，嗯。家属频频点头。可有时候你不知道他是真的犯了傻，还是故意在使坏。

"咋还没走？"他一见到刘水就不耐烦，"天天在这儿待着，谁看见你了？"

"我看见了！"许多多蹭过去，抱住刘水的腿。她模仿她，谄媚她，一心想要变成她。这类心愿常见，稍纵即逝，又隐隐地不祥。

"这你闺女？"他问她。

"这是我哥家孩子！多多！"刘水大声喊。她的哥哥在一个冬夜爬下大堤，走进海里，没有再回家去。没人再提。

"丫头像你，小子像他。"怪物说。

他的耳朵越来越没用了，人们使出十二格儿的音量和他对话。该在背后说的话也都当着他的面，调小音量即可，有时三格儿，有时五格儿，有时更大声，意思是叫你听见也不怕。真正不能被听到的那些话，连说话的人自己都听不见。

"他不记事儿，也不记人了。别往心里去。"陈年说。

她笑。只有她知道，他不是忘了，是变了个人了，他自己要变的，没时间了。他的病，一半是原因，一半是机会。病使他自由，使他不必辛苦做好人，干了坏事也不必负责任。

我开始打颤，牙齿咬不紧。紫色宫殿摇来晃去，怪物的眼睛凸起来，笑，盯着女人，腿爪一蹬一蹬。陈年去拉他的被子，盖到肚皮上，盖不住，支起来。

"叫人，"刘水没表情，"理疗。她们管这个叫理疗。"

理疗阿姨很快来了，嘴里还嚼着半口饭。

"洗了吗？"我们往外走时，阿姨大声问。

没人回答她。

"好像就她干净。"刘水说。那一刻她脸上的表情终于很像父亲了，一样不知是对谁说，谁她都恨。

"你怕我姥爷。"许多多说。她很得意。

"那你怕我妈。"我只能说起她。这里没有我的人。

"我不认识你妈。"她更加得意。

刘水走过来，把许多多一把领走。没人怕你妈。她在我头顶低声说。

天晴了一次，灰色的天描上一层薄薄的蓝。阳光在窗外，一把一把刺下来，越激烈，越衬出房间里昏暗。许多多两根手指头，掐死了铅笔的脖子，一刃一刃，在纸上刻字。她的头发又黄又软，总有一片垂到眼前，飘上一会儿，再被她拢去耳后。过不了多久，又会掉下来。她的薄薄的透明的耳朵，闪着橙红的血光。嘴唇是干干的浅粉色，俭省的涂料。她的眼神聚拢在指尖，严厉、精明、不留情面。她在写"爱"字，对她来说太难了，她要写完一整行，每个字都溢出格外，张狂地垮掉，像一张张抽象画。她写得很慢，每写一笔，就伸出指肚在纸上抹一抹，然后舔一舔嘴唇，浅粉色。她说如果你一直写一个字，写着写着，那个字就变成别的字了，你就不认识了。

我忽然感到一阵伤心，觉得胸膛里空荡荡，觉得羞耻、没劲，牙齿发软，嘴里又苦又涩。我不知道我是怎么了，饿了还是困了，想要什么还是不要什么。高磊总跟我妈说：小孩什么都知道。他在控诉。可他说错了。发生了一些我未知之事。我的脸蛋仍然泛红，眼里泪光盈盈。我的人生还没有成就，也尚未尝到失败，可就是沮丧起来。陈年秘密答应我，晚上带我去看夜海，只带我去，不带许多多。我盼望已久。然而顷刻之间，这计划不再诱人，也没有别的比它更好。我不想玩，也不想吃，我不想再说一句话，我只想闭上眼睛。

"我知道，你想死。"许多多说。她的熟练令我崇拜，然后嫉妒。

"等你上学就好了。你得写作业。每天放学都留作业，写完才能睡觉。放假就留更多作业，让你写不完。"

"那谁能写完？"我开始相信她了。她比我自己更值得相信。

"谁也写不完。"

城市的夜里也有嘈杂，有遥远的空旷的轰鸣。海边是只有海。海水被风的手臂一淘一淘，向前一冲一冲，像小猫巴在餐桌边。海声是白色的，像哑了的宽喉咙，带着消过毒的气味，漫到天空里。

我们回头向岸上看，那座疗养院里漏出古旧灯光，像一艘废弃的四层轮船，搁浅在一片废弃的海边。

此刻陈年醉倒在那艘船里，躺在某一张短窄的床上，也许正在梦见潮水。沙滩像岩石一样坚硬，许多多走在我前面，走一走跑一跑。她知道只有她不看我的时候，我才敢看她。她一直走在我前面。

前方什么也没有，后面也是。光亮离我们越来越远，只有黑夜可以看。我们都记起晚餐时明亮的房间，光滑清脆的玻璃杯和餐盘，热烘烘的肉味和头顶酸苦的酒气。我还没有吃饱，陈年已经醉了。他大张着眼睛，开怀又惊恐地大声笑，像是看见了神迹，不，更像是神迹正在他体内发生。刘水喝得更多，却比平时更加清醒。她想她浪费了时间，在错误的精力上——别让他发现我是谁，别让任何人发现我是谁。她下早了赌注，如愿赢了筹码，她变成了筹码。

你知道爱是什么意思吗？许多多问我。

我知道。你知道吗？

爱就是好，就是永远永远永远永远看见你。

不是。我说。爱是欲望和柔情。

"谁告诉你的？"刘水把脸趴在我面前。

我妈说的。

"什么叫欲望？"她继续问。

我感到一阵激动，几乎颤抖。我意识到我说出了了不起的话，赢得了正式的关注。

"欲望……就是希望。"我飞速搜索，我孤注一掷。

刘水笑了。我想我说对了。

陈年也笑了。他的嘴难看地一咧，像伤口扯开了线。他觉得脸上一整张皮又紧又干，体内的水分都被抽走，一滴不剩。他就在那个时候站起身来，走了出去，像一条自己拧着自己的厚毛巾。他说他要睡觉了，我知道我们的计划取消了。

我带你去。许多多趴在我耳边，湿乎乎地说。我带你去。

于是陈年在一股惊人的寂静之中醒来。所有房间空无一人。他在海滩上找到了我和许多多，而刘水和父亲的尸体，直到第二天下午才回到岸边。她用一条一条鲜绿色的棉布，把他牢牢捆在他的轮椅上，一根深棕色皮带，绑住了她和他雪白的瘫软的脖子。他们背对着背，钉在一起，没入海中，又被吐了出来。

"可是，海里不是有盐吗？有盐的话，人就不会沉下去。"我想不通。

可能这个海没有。许多多比较笃定地说。

陈年的眼镜丢了，鼻骨浮出水面，下巴冒出长长的黑硬的胡须，像倒霉蛋肚子上插着的从天而降的钢管。他好像忘了怎样眨眼，久久地睁开、暴露着，流淌出红色的汁水。他收到了，最后一封信，没有人再会将她误读。那些她拒绝的、继承的，以及拒绝继承的，全部得到了证明，她所犯下的虚荣、脆弱和愤怒，也不再需要被原谅。

5

安静。王麦对高磊说，在他并没说话的时候。

我没说话。他说。

"你就要说了。"

她每天都想跑。他一在她身边坐下来，她就想跑。他还没张口，她就知道他将要说什么。她还不知道他要说什么，她就已经听够了。他们生存在彼此的皮肤表面，不作声响，不起作用，像狂风里的微风，像失神的目光，像橱窗里橱窗的倒影。

高磊没有话要说。对王麦没有，对我也没有。他的眼神也总在别处，游移不定，缺乏凝视的胆量。有时在夜里，在我睡觉的时候，他会来到上方凝视我。他的眼睛是几乎完美的椭圆，带着无辜又魅惑的细长尾角，和湿漉漉的裙边。他的嘴唇暧昧不清，话语左右摇摆。在他决心沉默时，脸上的肌肉才会显现，像雾气散去的山脊。他是如此漂亮的男人，仍然充满孩童的愿望，期待偏爱和奖赏，我早该发现，我和他没有任何相似之处。

我即将到达两岁，会说"不""等等""苦"（意思是咸）"跑""鱼"（雨）等词语。我还会说"妈妈"和"爸爸"，我发现没人真的想听。大雨一直在下，瀑布沾在每一块玻璃上。王麦打开窗，一股沸声水汽，忽地扑进来，楼像立在河上。太腥了，高磊说。他会自己走过去关上。他会等上一会儿，三，二，一，再去关上。

在我所见的场景里，他们从没吵过架——担心吵架会被误认为亲密。他们也从不真正地分享自己。

"这本书写得挺好，"高磊会自豪地说，"我的想法和他一样。"

"那也不说明你就是他。"她又在同情地笑了。

"那说明什么？"

"说明你没有能力，像他那样思考和表达。"

那个令他不平的婚礼之夜没有被忘记，每天都重新发生一遍。他没有得到应得的光荣和随之而来的奖励，从王麦身上，他也未曾感受到足够的感激。在她终于跑掉——留下了我——之后，我猜他松了口气。

"你妈疯了。"他读过信后，平静地说。

现在我已经知道，有一天夜里，在她睡觉的时候，我突然死了。我死了。她就一直站在我身边，一动不动，她的喉咙和胸口塞满了粗壮的拳头，脸皮和手臂紧巴巴地发麻。她想吐，又担心呕吐带来的冲击，会让她的身体和精神都失控。她得去告诉谁，可她谁都不能告诉。她只想告诉我，我却已经死掉。没有月光，也没有雨声，她被困在死亡的幽暗事实里。当她筋疲力尽地醒来，终于决定要走。她知道我会活下去，快死的是她。这就是她的信。

她走的那天，第一次带我出了门。她要求我自己走路，决不会抱我，决不，她对着我张开的翅膀说。我们历尽坎坷，吃了不少好吃的，她都咽了下去，而我全吐了出来。我们在银行里花去不少时间，她取出许多纸币，装进包里，像要去往史前文明之地。奇怪地，天上出了太阳，毛毛的，薄薄的，阳光冷漠、稀释，溶在碱水里，正像今日牛奶的颜色。陈年和刘水，就在这样的光膜里向我们走来——本来是来得及的，假如王麦马上抱起我，快步走远，是来得及的。她没有。他们三个有两年多没见，在街边重逢，连脸色也相像，和这阳光一样惨淡。没处可逃了，我们又去吃了更多东西。我再次悉数吐出，由陈年带领我去卫生间清洗。好极了，他一直在说，好极了。

刘水浑身发冷，指尖透出黏腻的汗水。

"高磊知道吗？"她问。为了藏起她的震惊、愤怒及其力量，她失控地捏造出了笑容。她努力聚拢起勇气和目光，投在王麦脸上。这一刻是重要的，她必须看着她。她早晚有一个故事要讲。

"知道什么？"王麦也在笑，就像她谁都不欠。

"好了，就站这儿，"陈年把我定在那个小小的小便池前，"不能再往前了。"

6

> 有些人把你托高,有些人拉你沉坠,剩下的人毫无作用,不值一提。
>
> ——王麦

"不能再往前了。"陈年说。

雨水一层一层,摔打在车顶和车窗上,像流淌的闪光的颜料,越来越厚。没有雷声,只见电闪,天空的颜色由黑转蓝。路灯已经亮了,光色衰败。每一只车灯都大开着,长长地,射入白色的雨雾。雨刷绝望疯狂地扭动,忠诚已经丧失。车龙望不见头尾,缓慢、无力、焦躁,像生了大病,不满地蠕动。在一条隧道桥前,陈年停住,熄了火。前车开了进去,一寸一寸,被暗处吞没,渐渐消失。一条黑色的河。有人离开了车,在主路上徒步,掀起层层波浪。地势低处,水漫过女人的腰。陈年不动。后车开始鸣笛,一加二加三,连成一片,像催生的交响。

"不走了吗?"王麦问。

"不能走了,"陈年说,"不能再往前了。"

他点了根烟,递给王麦,又给自己点上一根,把车窗落下一条缝。水花细细地溅进来,喷洒在他脸上,像热天的汗。烟雾飞快地旋摆,一升起就失散掉。

"你不着急吧?"陈年问。好像都是他的错。

"我急什么。"她很不好意思。是她的错,她出差回来,困在火车站,叫不到车。

"你宁愿……我想想,淹死还是冻死?"

王麦想一想:"非死不可吗?"

嗯。非死不可。

"就这两种死法?"

对。选一个。

"那我可能要冻死。"

"理由讲一下。"他很认真。

"冻死比较安静,淹死太激烈了。"

"你不喜欢激烈的?"他有点意外。

"什么?"王麦笑了出来,发现他没笑,赶快收回去。

"我们俩今天,如果不下车,可能就淹死。如果下车走,可能就冻死。"陈年煞有介事分析。

"那你选哪个?"

"我反正不下车。"

他折下腰,把她的座椅推平,请她躺下,放松休憩。王麦说我不躺,万一睡着了,淹死在车里,就是和你死在一块儿,太奇怪了。陈年说不会的,我不会死的,我会游泳。

他滑开车顶,露出天窗,他们几乎躺平了,看见水柱迅猛地落下,像耳光砸在脸上。他起身放出音乐,声量随着指尖的点触,越来越高,越来越广,侵占空间和灵魂。维瓦尔第,《四季》,冬。蓄积着蓄积着,小提琴终于拉高了双翼,抽紧神经，割碎人的心，像一种暴行，正在发生。砰砰砰！一个男人顶着伞，在车外敲窗。陈年按下小半扇。

"哥们儿，往前走走啊！"他满脸是水，像个身无分文的流浪者，来到他们的家门前。

不能走了，路面是下坡，桥下积水很深，并且有车停在里面避雨，陈年这样解释，语气并不客气，倒像是他有什么地方急着去却被对方拦下。

"但是你不走，后头谁也走不了。"伞毫无意义，男人早已经湿透了，包括脚上的一双鞋，正在水底下，将他沉沉地向下拉。

"对，就是走不了。抽烟吗？"陈年面无表情，姿态空洞。男人转身就走，骂出一句脏词。陈年升起车窗，一模一样地骂了一句。一些风雨灌进了车里，王麦开始发抖。她第一次发现陈年身上的粗鲁，她感到恐惧，软弱，情欲勃发。陈年不是陈年了，陈年是个男人。她闭上眼睛，鼻孔深深吸进焦灼的烟气。陈年看她一眼，脱下外套盖住她，像给小孩盖上被子。你穿太少了。他说。

他们已经认识对方十年，不对，十一年，她在心里计算。他们曾经能够为了省钱或仅仅是方便就睡在一张床上，并且睡得很香。那种未经考量的天真深厚的情谊，直到这一刻，显露出危险和荒谬。是他，是陈年的错。他向来是柔软的、亲热的、拥护秩序的，却在这一场暴雨里变得阴郁、专断、手握强权。他变更了自己，破坏了契约。她气坏了，她在心里咬牙切齿,她气得想笑。

"你笑什么?"他奇怪地看着她。

她目光惊恐:"我还没笑呢。"

"你这趟去哪儿了?"他问。

"什么……噢,上海。"

"是真出差吗?"

"当然了。"

"两个礼拜?"

"十个工作日,加一个周末。"

"还以为你出去玩儿了。"他语气里的执着仍然没有消失。

"跟你说了是出差。"

"上海下雨了吗?"

"下,但上海本来就下雨。"

"高磊没一起去吗?"

她笑起来,高磊是她生活里新的部分,是她和陈年之间的新话题。她很难表述清楚,有些东西令她羞愧,有些东西令她愉悦。她和高磊刚刚开始认识对方,几个月,时间还短,表演尚未结束,魔术尚未被揭穿。有过浅浅的令人失落的时刻,演员暴露出所设计的反面——这些才是真的,观众心里清楚,可他们选择等一等,他们自觉有义务坐上足够长的时间。她想恋爱,想消遣。她想玩。

陈年说他不信,他不信她对高磊没有产生感情,他熟知她的情史，他指着她："你时时刻刻都在产生感情。"

"分人，"她推他一下，"你遇上一个人，见过一面，就知道你们之间，最深会到什么程度，最远会有多少时间。"她判断高磊是一种消耗品，不是收藏品，就像是新换的洗发水。

洗发水都差不多，陈年说，用到最后结果都一样，头发掉光。结婚也是。愿意和你结婚的人，也都差不多，结果也一样，一个先死，一个断后。

我不想结婚。王麦说。床上有人我睡不着。

"这是小事儿，不重要，慢慢就习惯了。"

结婚到底有什么好处？她问陈年。

"好处就是你结婚了。然后就不必再想结婚的事了。"

"你这个理论很危险。"王麦抬起脖子，从瓶口嘬了一小口啤酒。他们开始喝酒了，驾驶的任务被搁置。雨没有变小，也没有变大，天完全黑掉了，水光粼粼，像深邃的眼睛。积起的黑河正在缓慢地下渗，太缓慢，远处有自行车和鞋漂在水面上。陈年已经在喝第二瓶，他的眼神又恢复了那种天真、好奇，令人愉悦的赞叹。音乐关掉了，车流从他们肩侧艰难地驶过，世间一片海浪声，令人安逸出神。王麦看着他吞下一大口啤酒，鼓着嘴巴，滑动喉咙，咕咚咕咚咽下，她想他知道吗，她愿意为他做任何事。

"你不给刘水打个电话吗？"她看看时间，快十点了。

"手机没电了。"

"我有。"

"不用,"他闭上眼睛,又睁开,"高磊干嘛呢?"

"不知道。"

"你这个态度也很危险。"

谈话到了尽头,像母球落袋。王麦忽然坐起,说我感觉车漂起来了。陈年说你是酒劲儿上来了。我脸红吗?她给他看。红,他说,像个金鱼,像个金鱼精。他捧住她的脸,说,金鱼精。

不行。她只有眼睛露在外面,她用眼睛望着他,说,不行。什么不行?他的嘴唇贴在她的额头上,像在试她的体温。是这样不行吗?他问她。他的外套从她身上滑了下去。他的手指经过之处,挑起一层细密的隆起。狂风卷起哨音。雾珠漫上玻璃。白色的海浪声,一阵接连一阵,像我眼里你的呼吸。不会有人来救我们了,不会有人再来了。罪无可恕的,末日的,阴暗的,闪闪发亮的愉悦。你宁愿淹死还是冻死?他问她。

7

许多多的左边大腿内侧,有一块浅橙色的、环形的胎记,当她动情时,就变成鲜绿色,像一层发光的水草。从少女时分开始,她的头发渐渐变成黑色,越来越深,越来越坚硬，越来越繁密。我把十根手指深深插进去，像插进一片密林，听得见生长的震颤。

我想去海边。她说。

我知道。我说。

带我去吧。

我知道。

夏天开始变热，越来越热。每个夏天都成为当时人类历史上最热的夏天，此前的最高纪录是上一年的夏天。冬天和夏天越来越长，占去十个月不止。春秋越来越短，一闪便过，像小偷的背影。我的母亲正在变老，她的认知出了些问题，像一列松松垮垮的火车，不至于脱轨，但咬合不够严密。陈年不同意，他说她只是跟你不一样，你得知道，她实在是高兴你跟她不一样。

我说我知道。

他们俩没有婚礼，但是结了婚。我没法管他叫爸，我没有叫爸的习惯。好在我们俩都觉得，这个一点儿也不重要。我说不好我爱不爱他。我爱挺多东西，我爱许多多，爱嗅觉灵敏的时刻，爱木头和泥的气味，爱准确、洁净、唯一的语言，爱我的眼睛所能看到的事物本来的颜色。我看待陈年就像看待我自己。我说不好我爱不爱他。

许多多的消失是在忽然之间，没给我一点儿通知。她什么也没带走，可是走进房间那一刻，那一片熟悉得刺眼的昏暗，我知道她走了。我用沉默辜负她，这是她的回复。父亲们正在失去雄心,词语正在失去继承。我想起我妈为难的笑脸,一切顺理成章。据她们所知,生存与生活,从来是势不两立之事。

我把存片收了起来,锁在床底。
"看够啦?"老韩头儿问我。
看够了。我们知道的够多了,可是有什么用呢?
所有颜色都消失了,一切都是白的。我们逃离了天空,逃离了大海,我们住在大地之下,和我们曾经哭泣着埋葬的死者们共享家园。我的生日快过完了,死亡的愿望还未达成。伟大的世纪,第一个百年。我们暂时安全,活着的人站在土里,说祝福我吧,还来得及。

2019

图书在版编目（CIP）数据

暴雨下在病房里 / 苏方著 . -- 上海：上海文艺出版社，2021（2022.6 重印）
（单读书系）
ISBN 978-7-5321-8179-7

Ⅰ.①暴… Ⅱ.①苏… Ⅲ.①短篇小说—小说集—中国—当代
Ⅳ.① I247.7

中国版本图书馆 CIP 数据核字 (2021) 第 222916 号

发 行 人：毕　胜
责任编辑：肖海鸥
特约编辑：罗丹妮
书籍设计：张　卉
内文制作：李俊红

书　　名：暴雨下在病房里
作　　者：苏　方
出　　版：上海世纪出版集团　上海文艺出版社
地　　址：上海市闵行区号景路 159 弄 A 座 2 楼　201101
发　　行：上海文艺出版社发行中心
　　　　　上海市闵行区号景路 159 弄 A 座 2 楼 206 室　201101　www.ewen.co
印　　刷：山东临沂新华印刷物流集团有限责任公司
开　　本：880×1230mm　1/32
印　　张：8.25
字　　数：110 千字
印　　次：2022 年 1 月第 1 版　2022 年 6 月第 3 次印刷
Ｉ Ｓ Ｂ Ｎ：978-7-5321-8179-7 / I.6467
定　　价：45.00 元

告读者：如发现印装质量问题，影响阅读，请与出版社发行部门联系调换。